AF387318

Metaré Hauptvogel

Die Sternenschwestern

Eine fabelhafte Erzählung

Impressum

Text:
Metaré Hauptvogel©

Layout und Gestaltung:
Siegfried Jendrychowski, JS Concept Grafik GmbH,
Nidda, www.js-concept.de

Alle Rechte bei der Autorin.

Herstellung und Verlag: BoD - Books on Demand,
Norderstedt
ISBN: 978-3-7534-4571-7

Ainur war eine kleine Waldfee mit zarter, mondheller Haut und nachtschwarzen Augen. Ihre Haare glänzten wie der rote Mond im Herbst, und aus den tiefen Falten ihres indigoblauen Feenkleides schimmerte sanft der Schein von Sternen.

Die Tiere und anderen kleinen Bewohner des Zauberwaldes mochten sie, denn sie hatte immer ein offenes Ohr für ihre Angelegenheiten und half ihnen in ihren kleinen und größeren Schwierigkeiten. Mit Hilfe ihres Feenstabes konnte Ainur Wünsche wahr und Träume sichtbar werden lassen. Durch ihn besaß sie große Macht, die sie zum Wohl und Nutzen der Waldbewohner anwandte.

Sie lebte in einem Turm, an dem der Murmelbach vorüber floss, und ein großer Kastanienbaum Schatten und Ruhe spendete. Ihren Feenturm hatte Ainur liebevoll ausgestattet. Weiche Teppiche bedeckten die Böden der einzelnen Etagen, kunstvoll verzierte Lampen und Leuchten tauchten alles in heimeliges Licht, und viele große und bunte Kissen luden im Wohnzimmer zum Sitzen ein. Alles war in hellen und freundlichen Farben gestaltet. Außerdem hatte Ainur die Wände mit ausgesucht schönen Bildern geschmückt, und in jedem Raum fanden sich ausdrucksvolle Skulpturen.

Das Leben im Zauberwald war schön. Manchmal bekam sie Besuch von Kenane, dem Zauberer des Waldes. Dann saßen sie zusammen unter dem Kastanienbaum, tranken Tee, erzählten Geschichten und lachten sehr viel miteinander.

Aber da war auch noch die Hexe Vinsik. Die war noch kleiner als Ainur, und das hatte Vinsik schon immer wütend gemacht. Und der Kenane lachte immer nur über sie und nie mit ihr.

Aber, ganz ehrlich, wenn man diese Minihexe sah, wie sie mit vor Zorn gerötetem Gesicht, flammender Aura, fliegenden, schwarzen Krauslocken und geballten Fäusten auf und nieder hüpfte und dabei grässlich schimpfte, dann konnte man eigentlich nur lachen – und natürlich vorsichtshalber schnell das Weite suchen, denn wenn Vinsik wütend war, verhexte sie jeden, der sich in ihre Nähe wagte, zu Stein.

An einem wunderschönen Spätsommermorgen, als noch feine Nebelschleier in den Ästen der Bäume hingen, trafen Ainur und Kenane sich auf der Heidelbeerlichtung, um Beeren zu sammeln. Sie hatten viel Spaß, und mindestens die Hälfte der prallen, dunkelblauen Früchte landete direkt in ihren Bäuchen, statt in die mitgebrachten Körbchen zu wandern. Die beiden schoben sich lachend gegenseitig die saftigen Beeren in den Mund.

Als ihre Körbchen schließlich doch noch ansehnlich gefüllt waren, wanderten sie zu einem großen, von der Sonne gewärmten Stein. Kenane zog ein Tuch aus seinem weiten Zaubermantel, wischte Ainur um den Mund und über die Wangen. „Du hast ja den Heidelbeersaft im ganzen Gesicht verteilt", sagte er lächelnd.

„Du siehst nicht minder lustig aus." Ainur lächelte auch, nahm ihm das Tuch aus der Hand, stellte sich vor ihm auf die Zehenspitzen und wischte ihm ebenfalls das Gesicht sauber.

Im Dickicht verborgen hockte eine Gestalt und beobachtete alles, was die beiden taten, mit finsteren Blicken aus schmalen, zusammengekniffenen Augen. Dampf drang aus den Ohren der lauernden Späherin.

Hexe Vinsik dampfte immer aus den Ohren, wenn sie wütend war. Und als sie die beiden da auf der Heidelbeerlichtung herum turteln sah, wurde sie *sehr* wütend. All die Aufmerksamkeit, derer sie selbst begehrte, schenkte dieser Zauberer immer nur Ainur.

Überhaupt! Ainur! Diese blasse, farblose Mondlichtfee!

Ständig kam sie ihr in die Quere! Nicht nur, dass Kenane diese Fee mochte und für sie selbst nur ein müdes Lächeln und fade Worte hatte. Nein, auch wenn Vinsik ihre kleinen Schabernacke und Streiche ausheckte, verstand Ainur es immer wieder, diese zu verhindern oder rückgängig zu machen. Nie konnte sie ihre wundervollen Bosheiten austoben, weil Ainur mit ihrem Feenstab zur Stelle war und alles mit ihrer Liebenswürdigkeit erstickte.

Der Feenstab! Plötzlich kam Vinsik eine Idee, wie sie sich gegen Ainur durchsetzen konnte …

Arm in Arm und laut, fröhlich und falsch singend spazierten die Fee und der Zauberer durch den Wald zum Zauberhut. Sie wollten noch Heidelbeertorte backen. Zauberer Kenane lebte in einem Haus, das aussah, wie sein Hut, aber riesengroß. Blaugrün schimmerte das Zauberhuthaus im klaren Licht am Fuße des Zauberwaldberges. Es lag knapp oberhalb des Waldes, und von dort hatte man einen guten Ausblick über das Tal. Große Felsbrocken lagen weit verstreut herum und ein tiefer, in Steine gefasster Brunnen befand sich vor dem Haus.

In Kenanes Küche flogen die Backzutaten hin und her, der Mixer mixte Teig in der Schüssel, und der Ofen backte den Tortenboden für die Heidelbeeren. Nachdem sich auch noch der Vanillepudding geschlagen, gekocht und auf dem Tortenboden verteilt hatte, stapelten sich die Heidelbeeren darauf zu beachtlicher Höhe. Tortenguss aus Heidelbeersaft gab allem feinen Halt.

Ainur und Kenane saßen derweil unterm Sonnensegel auf dem Balkon und erzählten sich von den neuesten Geschehnissen im Zauberwald. Dann war die Torte fertig. Kenane winkte mit dem kleinen Finger: Die Kaffekanne mit duftendem Kaffee, Tassen, Teller, Gabeln und Löffel, Zucker und Sahne – alle kamen heran geschwebt, um sich auf dem Tisch zu gruppieren.

„So lasse ich mir das Kaffeetrinken gefallen", lachte Ainur. Sie nahm sich bereits das zweite Stück Heidelbeertorte auf den Teller.

Als sie beide so viel von der köstlichen Torte gegessen hatten, dass ihnen die Bäuche ordentlich voll geworden waren und sie kaum noch „Papp" sagen konnten, meinte der Zauberer, ein Spaziergang durch seinen schönen, großen Garten sei genau das, was sie jetzt brauchten.

Die Waldfee stimmte zu, und so begaben sie sich in den Garten. Der Feenstab, den Ainur sonst immer bei sich trug, blieb in diesem Moment unbeachtet auf der Balkonbrüstung liegen. Der Kristall glitzerte und funkelte in der Sonne.

Hexe Vinsik hatte die beiden seit dem Heidelbeersammeln nicht mehr aus den Augen gelassen. Jetzt hockte sie hinter einem großen Felsbrocken versteckt in ihrer Nähe. Die ganze Zeit hatte sie darauf gelauert den Feenstab an sich nehmen zu können. Denn alle Macht, die Ainur besaß, konnte sie nur mit Hilfe ihres Feenstabes entfalten.

Vinsik wartete nur noch so lange, bis Fee und Zauberer im Garten verschwunden waren. Sogleich kam sie hinter dem Felsen hervor und schlich zum Balkon. Da oben auf der sonnenbeschienenen Brüstung lag der regenbogenfarbene Feenstab mit dem funkelnden Kristall, in dem so viel Macht verborgen war.

Die Höhe der Brüstung war für Vinsik in ihren roten Hexenschuhen kein Problem. Während sie die Entfernung abschätzte, klemmte sie vor lauter Konzentration ihre Zunge zwischen Zähne und linken Mundwinkel, kniff ihre dunklen, ausdrucksvollen Augen zusammen und hüpfte aus dem Stand drei Meter hoch. Rasch grapschte sie nach dem Feenstab und – **puff!** – löste sie sich unter kicherndem Gelächter in knallroten Hexenrauch auf.

Von nun an begann für die kleine Waldfee Ainur eine schlimme Zeit. Ohne ihren Feenstab konnte sie gegen die fiesen Unternehmungen der Hexe Vinsik nicht viel ausrichten. Und Vinsik war noch viel wütender als sonst, denn sie konnte den Zugang zur Macht des Feenstabes nicht finden. Aber sie selbst besaß bösen Zauber genug, um im Zauberwald richtig schönen Unfrieden zu schaffen.

Plötzlich lagen sich die Kobolde in den Haaren, richteten die Zwerge Kampfhasen ab, mit denen sie gegen die Trolle ins Feld zogen. Die Vögel des Waldes stahlen sich gegenseitig die Eier aus den Nestern. Die Eichhörnchen verteidigten eifersüchtig jede einzelne Nuss. Sogar die Rehe und Hirsche griffen aggressiv die lauernd um sie herum schleichenden Füchse oder Dachse an.

Ainur sammelte Kräuter, kochte Sud, mischte Brei und Salben, um die Kratzer und Wunden der Waldgeister und Tiere zu lindern und zu heilen. Wenn sie zu ihr kamen, waren sie alle stets sehr kleinmütig und konnten nicht verstehen, warum sie sich derart aufgeführt hatten.

Zauberer Kenane saß in seinem Wohnzimmer und las die neuesten Zaubernachrichten, als Rabe Rudi aufgeregt vor dem Fenster flatterte. Kenane ließ Rudi herein und erfuhr, was er seinen Zaubernachrichten nicht entnehmen konnte. Sofort eilte er zu Ainur.

„Warum hast Du mich nicht gleich rufen lassen? Rudi berichtete mir soeben, was hier im Zauberwald geschieht. Wie hat es dazu kommen können?"

Ainur sah ihn nur müde an. Kenane sprach kein weiteres Wort, nahm die kleine Fee in die Arme, hielt sie einfach fest an sich gedrückt. Sie setzten sich unter den Kastanienbaum und tranken Eistee, die erste Ruhepause dieses Tages, seit Ainur früh morgens mit dem ersten rotgoldenen Sonnenstrahl aufgestanden war, um ihren geplagten Waldbewohnern zu helfen, so gut es ihr eben möglich war.

Sie weinte fast, als sie dem Zauberer von dem Verlust ihres Feenstabes erzählte.

Kenane überlegte kurz und meinte dann: „Wie es aussieht, hat Vinsik Dir einen üblen Streich gespielt."

Ainur sah ihn mit großen Augen an. „Du – Du glaubst

doch nicht etwa, Vinsik hätte meinen Stab an sich genommen?"

„Geklaut!", nickte Kenane bekräftigend.

„Oh!"

Kenanes Augen lächelten zärtlich. Ainur war so ohne Falsch und Übel, dass sie nicht einmal der immerzu missgünstigen Vinsik solchen Frevel zutraute.

Die winzige Hexe Vinsik saß in ihrem Baumhaus, hoch oben im Wipfel einer uralten, knorrigen Eiche. Kichernd und feixend betrachtete sie den vor ihr liegenden Feenstab.

„Hi, hi, hi! Wenn ich mir diese Ainur vorstelle, wie sie jetzt ohnmächtig dasitzt und kaum noch was gegen meine Unternehmungen ausrichten kann … Hi, hi, hi!" Dann kippte ihre Stimmung. *„Uääh!* Aber wenn ich diesen Feenstab betrachte, wie er in seinen Regenbogenfarben strahlt, seinen Kristall funkeln lässt, aber mir, der großartigsten Hexe des Zauberwaldes, nicht zu Diensten sein will, dann könnte ich fast aus der Haut fahren!"

„‚Großartigste Hexe des Zauberwaldes' ist gut", knurrte ihr rot-schwarz gestreifter Kater Murks und bleckte die Zähne zu einem Hexenkatergrinsen. „Zum Glück gibt es keine andere Hexe hier im Zauberwald."

Im nächsten Augenblick sprang er kreischend-miauend unter das Sofa – so eben noch, bevor ihn Vinsiks wütend geschleuderter Feuerball treffen konnte. Er verpuffte wirkungslos.

Aus seiner sicheren Deckung heraus drohte Murks seinem Frauchen: „Warte nur, bis der Kenane von Deinem Diebstahl erfährt – gegen den reichen Deine Zauberkräfte nicht aus!"

Vinsik stand mit geballten Fäusten in der Mitte des Raumes. Mächtiger Dampf quoll ihr vor Wut aus den Ohren und allen Poren. Wie konnte ihr eigener Hexenkater es wagen, so gegen sie zu sprechen! Mit ausgestreckten Armen fuchtelte sie mit ihren Fingern in Richtung Sofa und darunter verborgenem Kater und murmelte nur für sie verständliches Zeug.

Im nächsten Moment schwebte das knallrote Plüschsofa etwa einen Meter über dem Fußboden. Erstarrt vor Schreck blieb Murks liegen wo er war – und wurde zu Stein. Krachend landete das Sofa wieder auf seinen Kugelfüßen.

Dass Vinsik sich so weit gehen ließ und ihren innig geliebten Kater Murks zu Stein verwandelt hatte, sollte ihr noch bitter aufkommen. Zunächst jedoch wollte Vinsik den Stab der Waldfee in ein feen- und zauberersicheres Versteck bringen. Wenn sie ihn schon nicht nutzen konnte, sollte auch Ainur ihn nicht wiederhaben.

Den ganzen Nachmittag hindurch half Zauberer Kenane der kleinen Fee begangenes Unrecht zu mildern und verletzte Kobolde, Trolle, Zwerge und Waldtiere zu heilen. Da Kenane volle Zauberkraft besaß, kam alles wunderbar in Ordnung. Der Horizont glühte bereits in abendlichem Rot, als der letzte Waldbewohner verarztet wurde. Für die nächsten Stunden würde Ruhe herrschen, denn Vinsik war eine Taghexe.

Kenane blieb bei Ainur. Zusammen wollten sie noch in der Nacht Vinsik überraschen, weil diese sicherlich mit dem ersten Morgenlicht sofort neue Bosheiten aushecken würde. Sie befragten die Zauberkugel nach dem Zeitpunkt, zu dem der Feenstab gestohlen wurde. Die Kugel rotierte, durch das Glas wehte ein vielfarbiger Nebel.

Das Bild des Nachmittages erschien, als die beiden auf Kenanes Balkon Heidelbeertorte gegessen und dann im Garten einen Spaziergang unternommen hatten. Die Kugel zeigte, wie Vinsik hinter dem Felsbrocken hervorkam, an der Balkonbrüstung empor hüpfte, den Feenstab an sich nahm, um sich sodann kichernd in roten Hexenrauch aufzulösen.

„Also doch …", flüsterte Ainur betroffen.

Ainur bekam einen erfrischenden und stärkenden Zaubertrank, dann machten sie sich sogleich auf den Weg. Kenane nahm die kleine Fee unter seinen Zaubermantel und wünschte sie beide – *husch!* – direkt in Vinsiks Baumhaus. Da standen sie: Von schimmernd blauem Licht umstrahlt, und eine geheimnisvolle Musik schwebte durch den Raum. Kenane verstand sich äußerst gut auf wirkungsvolle Auftritte.

„Vinsik, wach auf. Wir haben mit Dir zu reden", rollte seine Stimme grollend durch den Raum.

Hexe Vinsik wurde sofort wach und lugte von ihrer Schlafgalerie in den Wohnbereich hinunter. Kaum hatte sie ihre nächtlichen Besucher erblickt, begannen ihre Zähne vor Angst zu klappern.

„Murks", zischte sie in die dunkle Ecke, die der Kater für seinen Schlaf aufzusuchen pflegte. „**Murks!!** Verflixt, wo bleibst Du denn?"

Der Zauberer sprach mit tiefer, tönender Stimme in sehr einschüchternder Weise. „Vinsik, komm sofort hier herunter. Es hat keinen Zweck, dass Du Dich unter Deiner Bettdecke verkriechst."

Wo war denn bloß Murks? Eigentlich sollte der verflixte Kater längst bei ihr sein. Dann müsste sie Kenane und Ainur nicht allein gegenübertreten. Oh, nein! Plötzlich fiel es ihr wieder ein.

Unbedacht in ihrer Wut hatte sie den Kater am Nachmittag in Stein verwandelt. Und eine Rückverwandlung war immer eine höchst komplizierte Sache. Außerdem war es jetzt mitten in der Nacht, und da besaß sie sowieso keine Hexenkräfte. Es blieb Vinsik nichts weiter übrig, als Kenanes Aufforderung Folge zu leisten – ohne Rückenstärkung durch Murks.

Vinsik kletterte aus ihrem Bett und schritt würdevoll die Treppe von der Schlafgalerie in den Wohnbereich hinunter. Wenn man niemanden mehr hat, an den man sich halten kann, sollte man wenigstens Haltung bewahren.

‚Ach, Murks, warum hab ich mich bloß dazu hinreißen lassen, Dich in Stein zu verhexen?', dachte Vinsik verzweifelt. Noch nie hatte sie sich so einsam gefühlt.

Schließlich stand sie vor Ainur und Kenane und versuchte, möglichst locker zu scheinen. „Schön, dass Ihr beide mich mal besucht. Aber muss es denn mitten in der Nacht sein?" spöttelte sie.

Die Fee blickte sie finster an. „Wo ist mein Feenstab?"

Gefährlich leise waren ihre Worte, doch Vinsik hatte genau verstanden. Ainurs Stimme war zwar immer ruhig und freundlich, doch so leise wurde sie nur, wenn sie wütend war. Was höchst selten vorkam.

Vinsik zog leicht eine Augenbraue hoch. „Ich hab den Stab nicht."

Ainur holte tief Luft. „Du wagst es, mir ins Gesicht zu sehen und dann auch noch zu lügen?"

„Aber ich hab den Stab wirklich nicht", beteuerte die Hexe.

Die beiden mächtigen Frauen des Zauberwaldes starrten einander an.

Kenane schaltete sich ein. „Wir haben die Zauberkugel befragt. Die hat uns Deinen Diebstahl gezeigt. Wenn Du Ainurs Stab tatsächlich nicht hast, dann hast Du ihn versteckt. Du sagst uns jetzt sofort, wo Du ihn verborgen hältst."

Vinsik warf den beiden lichtumschimmerten Gestalten einen trotzigen, abschätzenden Blick zu. So entschlossen hatte Ainur noch nie ausgesehen, und Kenanes Augen sprühten Blitze. Vinsik kannte seine Macht, und da die Fee nun wohl unter seinem Schutz stand, seufzte das Hexlein halb ergeben.

„Also gut. Ich hab den Feenstab genommen, aber nichts damit anfangen können."

Pause.

„Und? Was hast Du dann mit ihm gemacht?", drängte Ainur.

„Naja", meinte Vinsik zögernd, „dann hab ich ihn erst mal in Sicherheit gebracht."

Leise Ungeduld lag in Ainurs Stimme, als sie erneut nachhakte. „Du hast noch immer nicht gesagt, was Du gemacht und wo Du meinen Stab gelassen hast."

„Naja", machte Vinsik wieder, „ich habe ihn in den Hohlen Baum gehext."

„*Was* hast Du getan?", kam es fast tonlos von Ainurs Lippen. Groß und schwarz vor Angst leuchteten ihre Augen in dem blassen Gesicht.

Der Hohle Baum wurde von einem wilden Bienenvolk bewohnt, deren Königin weder Vinsik noch Ainur noch

Kenane mochte. Es war schon länger her, da kletterten Trollkinder frech im Hohlen Baum herum. Die Bienen waren wütend über sie hergefallen, weil sie sich gestört fühlten. Ainur, die zufällig in der Nähe war, hatte die Trollkinder in den Zauber ihres Feenstabes gehüllt und so vor dem Schlimmsten bewahrt.

Ihren Staat mussten die Bienen überhaupt nur im Hohlen Baum gründen, weil Kenane dem Bienenvolk vor langer Zeit den Zutritt zu seinem zauberhaften Garten verwehrt hatte. Er erlaubte ihnen zwar, Nektar aus den wundervollen, exotischen Blüten zu sammeln, aber er verbat ihnen, sich im Garten heimisch nieder zu lassen.

Und Vinsik war mit den honigvernaschten Bären des Zauberwaldes befreundet. Und die waren natürlich bei den Bienen deswegen so unbeliebt, weil sie jedes Mal mit ihren großen Bärenpranken den Bienenstaat zerstörten und viele Bewohner töteten, wenn sie ihren Naschhunger am Honig der Bienen stillten.

Zu alledem war die Bienenkönigin in der Lage, jeglichen Zauber von sich fernzuhalten, den Ainur oder Kenane oder Vinsik gegen sie ausüben konnten.

Ainurs Augen füllten sich mit Tränen. Wie sollte sie nun jemals wieder in den Besitz ihres Feenstabes gelangen?

Als Vinsik sah, wie Kenane die zarte Ainur in seinen Armen hielt und zärtlich besorgt betrachtete, fühlte sie sich noch einsamer als vorhin schon. Sie schaute in Richtung Plüschsofa, worunter Kater Murks zu rotem Stein erstarrt lag und wurde nun ebenfalls sehr traurig.

Auf einmal konnte Vinsik nachempfinden, was in Ainur vorging. Sie kämpfte noch eine Weile mit sich selbst und bot dann ihre Gedanken zur Lösung des Problems an.

„Hm-hmm", räusperte sie sich.

Ainur und Kenane sahen auf und in ein großes, dunkles Augenpaar.

‚Seltsam', wischte es Kenane durch den Kopf, ‚sie haben die gleichen schwarzen Augen und die gleiche blasszarte Haut.'

„Naja", brauchte Vinsik wieder ihre Einleitungsfloskel, „also, ich habe – ich könnte – nun, es wäre möglich – die Bienen zu überlisten."

Die Fee und der Zauberer hielten den Atem an. Vinsik selbst wollte Ainur helfen, den Feenstab wieder zurückzuholen?

„Naja", kam es wieder zögernd von Vinsik, „die Bienenkönigin hasst uns alle drei. Dich, Ainur, wegen der Trollkinder, und Dich, Kenane, wegen Deines verbotenen Gartens. Aber mich hasst sie wegen meiner Freundschaft zu den Bären. Nun – also – die Bären könnten ja vielleicht helfen, den Feenstab wieder aus dem Hohlen Baum zu holen."

Sogar Kenane war überrascht. Dass Vinsik ihre Hilfe anbieten würde, hätte er nicht für möglich gehalten. Aber dann ergriff er die Chance, die sich bot, bevor Vinsik es sich doch noch anders überlegte.

„Was schlägst Du vor, Vinsik?"

„Naja", fing Vinsik wieder an, „jemand müsste die Bären bitten, zum Hohlen Baum zu gehen, um den Feenstab dort herauszuholen."

„Und da Du mit ihnen befreundet bist, würdest Du ihnen die Bitte vortragen", hielt Kenane fest.

„Naja", kam es unvermeidlich, „vielleicht – "

„Gut, Vinsik, dann komm." Kenane ließ sie keine weiteren Ausflüchte suchen. „Auf zu den Bären!"

Er öffnete die linke Seite seines Zaubermantels, damit die Hexe darunter schlüpfen konnte und – *husch!* – standen sie vor der Bärenhöhle, gerade, als die Sonne den Horizont in Flammen setzte.

Sie brauchten nicht lange zu warten, da schaute ein kleiner Bär neugierig aus der Höhle. Kaum hatte er die Besucher erblickt, hüpfte er tapsig und unter einem Gemisch aus Brüllen und Quieken auf sie zu.

Das heißt, der kleine Bär richtete sich auf Vinsik aus, sprang an ihr hoch und warf sie um. Seine Tatzen legte er auf ihre Schultern und schleckte ihr über das Gesicht.

Vinsik kicherte und tobte zunächst ausgiebig mit dem kleinen Bären herum. Sie war richtig fröhlich und ausgelassen. Eine Vinsik, die weder Ainur noch Kenane bis dahin kennen gelernt hatten.

Bald darauf erschien die Bärenmama, um zu sehen,

was da vor der Höhle geschah. Sobald sie erkannte, mit wem ihr Kleiner da herumtollte, kam auch sie angetrabt und ließ sich ausgiebig von Vinsik kraulen. Als letzter schritt Vater Bär majestätisch auf die Wiese. Doch auch er freute sich, Vinsik zu sehen und rieb seinen riesigen Kopf an diesem winzigen Geschöpf.

Die Fee und der Zauberer hielten sich bei dieser vertrauten Begrüßung im Hintergrund. Erstaunt betrachteten sie die wie verwandelt erscheinende Vinsik. Es war kaum fassbar, was für ein Anblick ihnen hier geboten wurde. Nach einer Weile kam Vinsik mit zerzausten Locken, gerötetem Gesicht und leuchtenden Augen in Begleitung der Bärenfamilie auf sie zu.

„Es freut mich, euch miteinander bekannt machen zu dürfen. Bärtram, Herr der Bärenhöhle – Bärta, seine Frau – Bärtie, der Sonnenschein meiner Freunde."

Sie wandte sich den Bären zu. „Heute stelle ich Euch Ainur, die Waldfee und Kenane, den Blauen Zauberer vor", wies Vinsik auf die beiden Wartenden.

Ainur und Kenane kamen aus dem Staunen gar nicht mehr heraus – das sollte Vinsik sein? Die grässliche Minihexe, die sich ständig über irgendetwas ärgerte und stets darüber nachsann, welches Unheil sie als Nächstes zusammenbrauen konnte?

Bald waren sie alle fünf in eine lebhafte Unterhaltung vertieft, während Bärtie auf der Wiese herum sprang und versuchte, einen gelben Schmetterling zu fangen. Langsam brachte Kenane das Gespräch in die gewünschte Richtung.

„Bärtram, Ainur ist ihr Feenstab abhanden gekommen. Wir wissen zwar, wo er sich befindet, doch leider ist der Ort ein sehr unangenehmer. Keiner von uns dreien ist in der Lage, ihn von dort zu holen. Er liegt nämlich im Hohlen Baum unter dem Bienenstaat."

Vinsik sah ihn mit großen Augen an. Kenane hatte nicht verraten, dass sie den Feenstab weggehext hatte! „Naja", kam es typisch für Vinsik, „ich wollte Dich bitten, Bärtram, ob Du so lieb wärest und für Ainur den Feenstab aus dem Hohlen Baum holen könntest."

Sie einigten sich sehr schnell, denn Bärtram würde alles tun, worum Vinsik ihn bäte. Bärtram warnte vor der langen Reise zum Hohlen Baum, da dieser in einem weit entfernten Winkel des Zauberwaldes lag.

Aber Zauberer Kenane zeigte lächelnd seinen Mantel und meinte, dass er auch Bärtram darunter mitnehmen könne. Den Rest des Tages verbrachten sie mit Herumtoben mit Bärtie, dem Junior-Bären und mit Geschichten erzählen. Bärtram schilderte anschaulich, wie die Freundschaft zwischen ihm und Vinsik entstanden war.

In einem längst vergangenen Frühling stapfte Bärtram nach langem Winterschlaf durch den Zauberwald. Bäume und Sträucher waren mit frischen, grünen Blättern geschmückt, überall verbreiteten Blumen und Blüten liebliche Düfte, leuchteten in zarten, neuen Farben.

Hmm, ganz sanft schlich sich ein ganz gewisser Duft in seine Nase. Bärtram schnüffelte. Genüsslich schloss er die Augen und sog den Duft einer jungen Bärenfrau ein, die hier irgendwo in der Nähe sein musste.

Blind für die übrige Welt um ihn herum, trabte Bärtram los, immer dem stärker werdenden Duft der noch unbekannten Bärenfrau nach. In Gedanken malte er sich schon aus, wie sie wohl aussehen würde, welches Fell sie trüge, welche Farbe ihre Augen haben mochten …

Jäh wurde er aus seinen lieblichen Träumen gerissen, als ein metallisches Knirschen ertönte und blitzschnell die stahlharten Zähne einer riesigen Bärenfalle seine rechte Hinterpranke umschlossen. Bärtram brüllte jämmerlich. Die Träume von der Bärenfrau wurden von einem roten Schmerzensnebel verschlungen. Als er schon halbtot war vor lauter Hilflosigkeit und Schmerz, erschien eine winzige Frau.

Vinsik war im Wald und hatte den Bären in seinem Unglück gefunden. Solch tückisch-grausame Fallen waren Vinsik trotz all ihrer eigenen Bosheit zuwider. Ihr tat dieses mächtige, gemarterte Tier leid. Mit ausgestreckten Armen fuchtelte sie mit ihren Fingern in Richtung Falle mit eingeklemmtem Bärenbein und murmelte nur für sie verständliches Zeug.

Die Stahlzähne der Falle sprangen auf, gaben das verletzte Gelenk frei. In dem Moment, als Bärtram die Tatze aus dem Gefahrenbereich der Falle barg, hörte das Blut auf zu fließen, die Wunde schloss sich, und das Bein war unverletzt wie zuvor.

Die böse Falle lag verbogen und unbrauchbar im Gras, so dass sie kein weiteres Mal zuschnappen, aber gleichzeitig dem gemeinen Fallensteller zur Warnung dienen konnte. Und Bärtram schwor, Vinsik stets zu Hilfe zu kommen, sollte sie jemals in eine Situation geraten, in der sie ihn brauchte.

„Übrigens, die Bärenfrau, deren Duft damals meine Sinne umnebelte, ist heute die Herrin meiner Höhle", beendete Bärtram seine Geschichte schmunzelnd.

Am nächsten Morgen setzten sich Vinsik, Ainur und Kenane auf Bärtrams riesigen Rücken. Kenane breitete seinen Zaubermantel über sie alle aus und – *husch!* – waren sie beim Hohlen Baum. Dort summte und brummte es, Bienen flogen geschäftig aus und ein. Kaum hatten die Wächterbienen Bärtram entdeckt, gaben sie Alarm für den gesamten Bienenstock.

Der Herr der Bären zeigte sich von all diesem Getue überhaupt nicht beeindruckt, trat vor den Hohlen Baum und verlangte die Bienenkönigin zu sprechen.

Wieder summte und brummte es, und wieder flogen Bienen eifrig ein und aus. Bald kamen sie mit der Nachricht, dass ihre Majestät Brummsummse II. geruhe, ihren unerwarteten Besuchern eine Audienz zu gewähren.

Bärtram brummelte halb ärgerlich, halb belustigt: „Nu, denn aber flott und nich so förmlich, sonst pack ich selbst in euren Bienenstock und hol eure Königin raus."

Die Bienenboten erschraken heftig und eilten davon.

Trotzdem dauerte es noch eine Weile, bis die Bienenkönigin Brummsummse II. endlich mit Trompetengeschmetter und auf schnell ausgerolltem, rotem Teppich erschien, angetan mit sämtlichen Insignien ihrer Macht.

Bärtram erklärte der Königin, dass er dieses Mal nicht nach Honig suche, sondern nach dem Ding, das vor kurzem in den Wurzeln des Hohlen Baumes erschienen sei.

Ihre Hoheit Brummsummse II. zeigte sich sichtlich erleichtert, dass ihr Staat diesmal verschont werden sollte. Doch das vielfarbige Zauberding hatte bereits das Interesse der Erdtrolle erregt, die es sich sofort geholt und in ihre unterirdische Stadt getragen hatten.

Oje, das war natürlich keine gute Nachricht! Die drei hatten bereits gehofft, mit dieser Reise zum Bienenstaat im Hohlen Baum wäre ihr Abenteuer beendet. Doch jetzt fing alles erst richtig an.

Vinsik, Ainur und Kenane verabschiedeten sich von Bärtram, der von Brummsummse II. für sie die Erlaubnis erwirkt hatte, durch den Hohlen Baum Einstieg nach Trolle-Stadt zu nehmen. Kenane sprach einen Zauber über sie alle drei, der sie auf Erdtrollgröße zusammenschrumpfen ließ. Sogar Vinsik schrumpfte noch.

Dann winkten sie noch ein letztes Mal Bärtram zu und

stiegen in die dämmrigen Gänge zur Stadt der Erdtrolle hinab. Hier konnte der blaue, sternenbesetzte Zaubermantel von Kenane nicht weiterhelfen. Sie mussten wandern.

Lange tappten sie durch dunkle Gänge und Stollen. Kenane umgab sich mit blauem Licht, und um sie herum glimmerte und funkelte es geheimnisvoll von den Wänden. Schließlich kamen sie vor ein hohes, leuchtendes, blaues Tor, vor dem zwei Erdtrolle als Wächter standen. Die Trolle stellten ihre Wachspeere kreuzweise vor das Tor.

„Wer seid ihr, und was wollt ihr?" sprachen sie die drei Ankömmlinge an.

„Wir sind auf einer Forschungsreise zu den Erdtrollen und möchten etwas über ihre Art zu leben erfahren", schwindelte Kenane ein bisschen und stellte wortreich und charmant Ainur, Vinsik und sich selbst vor. Seine Augen sprühten währenddessen glitzernde, blaue Sterne.

Die Erdtrollwächter starrten fasziniert auf Kenane und grinsten ein breites, etwas dümmliches Lächeln, das sich vom linken bis zum rechten Ohr zog. Sie stellten ihre Speere beiseite und zogen das Blaue Tor auf, immer noch grinsend. Kenane bedankte sich freundlich und durchschritt mit Ainur und Vinsik die Toröffnung. Mit dumpf-metallischem Klang schlug das Tor hinter ihnen zu.

Sie standen auf einem Felsenabsatz. Vor ihnen dehnte sich eine lange, in den Fels gehauene Treppe. Tief unten schimmerte Licht. Vorsichtig begannen die drei mit dem Abstieg. Die von Wurzeln überzogenen Stufen waren glitschig und rutschig. Langsam und mit Bedacht tappten sie vorwärts.

Unten angekommen öffnete sich eine weite, lichte Höhle. Alles war in schimmerndes, rosiges Licht getaucht. Rötlich erschienen Boden und Wände, über ihnen verlor die Decke sich in Wurzelgewirr, durch das einzelne Strahlen der Sonne ihren Weg fanden.

„Guten Tag, Fremdlinge", vernahmen sie eine sanfte Stimme.

Vor ihnen stand eine riesige Schnecke, fast so groß wie sie selbst – aber sie waren ja auch nur noch so groß wie Erdtrolle. Trotzdem hatte die Schnecke eine beachtliche Statur.

„Willkommen im Reich der Schnecken", setzte ihr Gegenüber die Begrüßung fort. „Ich bin Rosi und bringe Euch zu Purpius, unserem Schamanenschneck."

Gemächlich ging es zu im Reich der Schnecken. Und es dauerte eine Weile, bis sie die Audienzhöhle von Purpius, dem Schamanen der Schnecken, erreicht hatten. Dafür bot sich ihnen ein prächtiges Bild. In den verschiedensten Rottönen strahlte und glänzte der von vielen Lichtern erhellte Raum. Denn Purpius, der königliche Purpurschneck, liebte die Farbe Rot.

Purpius residierte auf einer erhöhten Plattform, umgeben von ausgesuchtem, rotem Blumenschmuck. Nachdem er die drei Fremdlinge, die ihm vage bekannt vorkamen, ausgiebig gemustert hatte, sprach Purpius

Vinsik an, denn Vinsik trug über ihrer schwarzen Hexen-flatterkleidung eine knallrote, ärmellose Weste und an den Füßen ihre ebenfalls knallroten Hexenschuhe.

„Nun, meine Liebe? Was ist der Anlass Eures Besuches im Reich der Schnecken?"

„Naja", begann Vinsik mit raschen, unsicheren Seiten-blicken zu Ainur und Kenane, „wir – wir sind – auf – auf der Durchreise. – Zu den Erdtrollen. – Da wollen wir ei-gentlich hin. – Ja. – Hi, hi, hi …" Vinsik stammelte und kicherte völlig verwirrt in dieser so ungewohnten Um-gebung. Außerdem fühlte sie sich unbehaglich – weil – naja …

Ainur kam ihr zu Hilfe und setzte lächelnd die Antwort fort: „Wir bedanken uns alle drei für den freundlichen Willkomm durch Rosi und würden es sehr schätzen, eine Weile in Deinem Reich und Schutz ausruhen zu dürfen, werte Majestät, bevor wir unseren Weg zu den Erdtrollen fortsetzen müssen."

Huldvoll neigte Schamane Purpius sein fühlerreiches Schneckenhaupt und winkte Sitzkissen, Speisen und Getränke für seine seltsamen Gäste heran. Während sich die drei Abenteurer ausgiebig stärkten und er-frischten, erzählten sie Purpius die neuesten Ereignisse aus dem Zauberwald.

Dieser zeigte sich hocherfreut über seine gut unter-richteten Gäste. Nun erinnerte er sich auch wieder, wieso sie ihm so bekannt vorgekommen waren. Vor al-lem Ainur. Die Waldfee hatte einigen seiner Untertanen bereits liebevolle Hilfe erwiesen, als diese in Schwierigkeiten geraten waren. Schwierigkeiten, die Vinsik verursacht hatte, worüber Purpius nun aber wahrhaft schamanisch hinwegsah, zumal ja nie wirklich ernsthafter Schaden entstanden war. Außerdem trug sie ja die Farbe Rot in ihrer Kleidung …

Auch Zauberer Kenane war kein Unbekannter im Reich der Schnecken. Jede Schnecke war bereits wenigstens einmal in seinem wunderbaren Garten mit den außergewöhnlich geschmackvollen Pflanzen herum gekrochen. Schließlich wollten die drei aber wieder aufbrechen.

Schamane Purpius bemerkte abschließend: „Es war Uns eine Freude, die Herrscher des Zauberwaldes einmal bewirten zu dürfen. Viele gute Wünsche werden Eure Weiterreise begleiten, und wann immer Euer Weg wieder einmal in Unser Reich führt, werdet ihr herzlich willkommen sein. – Doch auch eine Warnung lasst Euch mitgeben: Hütet Euch vor den Silbrigen Netzen der Terenzia."

Wächterschneck Rosi brachte die Fremdlinge auf den Weg zum Roten Tor und verabschiedete sie winkend.

Wieder tappten Ainur, Vinsik und Kenane durch einen dunklen Gang. Diesmal hatte Vinsik sich mit leuchtender, roter Aura umgeben, und wieder funkelte und glitzerte es um sie herum an den Wänden des röhrenförmigen Ganges.

Schließlich erreichten sie ein hohes, leuchtendes, rotes Tor, vor dem zwei Erdtrolle als Wächter standen. Auch sie stellten ihre Wachspeere kreuzweise vor das Tor.

„Wer seid ihr, und was wollt ihr?", raunzten unfreundlich und unwirsch die Wächter.

Die leuchtende Vinsik baute sich vor ihnen auf, hob gebieterisch beide Arme und forderte unmissverständlich: „Öffnet das Rote Tor für die drei Mächtigen des Zauberwaldes!"

Mürrische Widerworte und die plötzlich auf sie gerichteten Wachspeere erregten den Zorn der Hexe. Dampf zischte aus ihren Ohren. Widerworte konnte Vinsik bekannterweise nicht leiden. Mit ausgestreckten Armen fuchtelte sie mit ihren Fingern in Richtung der Wächter und murmelte nur für sie verständliches Zeug. Im nächsten Moment schwebten die Wachspeere hoch über den Erdtrollen. Erstarrt vor Schreck blieben die Trollwächter stehen wo sie waren – und wurden zu Stein.

Ainur und Kenane sahen sich an, holten tief Luft und hakten die erschöpfte Vinsik unter die Arme. Zusammen umrundeten sie die steinernen Torwächter. Kenane öffnete das Rote Tor und zog Ainur mit Vinsik hindurch. Kaum standen sie auf der anderen Seite, schlug das Tor zu. Erneute Dunkelheit umfing sie wie ein schwarzer Mantel. Da standen sie nun in völliger Stille und Finsternis.

Auf einmal begann Ainurs Aura zu leuchten. Sie

leuchtete sanft und golden wie der rote Mond im Herbst. Kenane und Vinsik starrten sie fasziniert an. Kenane vergaß fast zu atmen. Vinsik fühlte sich klein und hässlich.

Ainur legte ihren Arm um Vinsik und lächelte ihre beiden Weggefährten an: „Kommt, mein Feenstab ist ganz nah – ich fühle es."

Die beiden waren so beeindruckt von Ainurs Erscheinung, dass sie gar nicht merkten, wie seltsam und drückend die Stille um sie herum war. Langsam schritten sie vorwärts. Überall zogen sich schimmernde Silberfäden durch den Gang. Jeder Laut wurde sofort von watteweicher, nachtschwarzer Stille geschluckt.

Je weiter sie kamen, desto dumpfer und modriger wurde die Luft. Ein leises Kribbeln lief Kenane vom Nacken den Rücken hinab. Dieses Kribbeln spürte er immer, wenn Gefahr drohte. Er wurde wachsam. Noch war alles still, nur der modrige, faule Geruch wurde stärker.

Die Silberfäden traten vermehrt auf. Kenane stellte fest, dass sie von klebriger Substanz waren. Plötzlich standen sie nach einer Biegung des Ganges vor einem silbrigen Netz, das die gesamte Wegöffnung ausfüllte und ihr Weitergehen hinderte.

„Das muss das Silbrige Netz der Terenzia sein, vor dem Schamanenschneck Purpius uns warnte."

Da war auch schon ein Schlurfen und Knacken hinter ihnen im Gang. Sie drehten sich um und blickten entsetzt auf riesige, behaarte Beine. Dazwischen, irgendwo weiter hinten, glommen bösartige Augen. Ein durchdringendes Zischen und Mahlen von Kauwerkzeugen kam aus dem Maul dieses Ungeheuers.

Sie befanden sich zwischen dem Netz und der riesigsten, ekelhaftesten und stinkendsten Spinne, die die drei jemals gesehen hatten.

„Vinsik – Vinsik – lass – lass Deinen Steinezauber los!" stammelte Ainur, die ohne ihren Feenstab zaubermachtlos war.

Aber um ein Lebewesen zu Stein werden zu lassen, musste Vinsik wütend sein. Doch Vinsik war nicht wütend. Vinsik hatte Angst. Ainur ging es nicht viel besser. Der stinkende Atem aus dem fauligen Maul des Tieres nahm auch Kenane fast jegliches Denk- und Handlungsvermögen.

Sie wichen weiter zurück. Die Kreatur drängte noch mehr vorwärts und sie damit immer näher an das Netz. Sobald sie es berührten, wären sie verloren, nur noch Nahrung für Terenzia, die Riesenspinne.

Plötzlich schrie Vinsik auf! Sie hatte sich bereits im Netz verheddert, und auch Ainur hing in den silbrigen, klebrigen Fäden, strampelte wild und angstvoll, um sich zu befreien. Aber mit jeder Bewegung hielt das Netz die beiden Frauen fester. Alle Zaubermacht war verloren.

Nur Kenane war noch frei! Nur Kenane konnte noch helfen!

„Kenane!"

„Hilf uns!"

„Kenane!"

Verzweifelt versuchten Ainur und Vinsik Kenane aus seiner dumpfen Betäubtheit zu rufen. Wieder kam die eklige Terenzia pfeifend und knackend näher. Fast berührte sie bereits den Zauberer, da löste sich die Erstarrung. Mit einem Mal glühte er vor Zorn, schleuderte blaue Blitze, veränderte seine Größe und wuchs bis zur Decke des Tunnels.

Seine gesamte Zauberkraft musste Kenane zusammenfassen und bündeln, um gegen die Spinne vorgehen zu können. Wind heulte auf, blaue Blitze umzuckten ihn, und in Toben und Brausen stand Zauberer Kenane machtvoll da. Einen Arm mit zur Faust geballter Hand nach oben gereckt, den anderen genau auf Terenzia zielend, vereinigte er alle seine Macht und Kraft in der ausgestreckten Hand.

Aus allen fünf Fingern drang das kalte, blaue Feuer tief und zitternd in die riesige, haarige Spinne ein. Wieder und immer wieder, bis diese sich zuckend und fürchterlich zischend in giftig grüngelbem Schwefelblubber auflöste.

Der Schwefelblubber sammelte sich zu einer Pfütze und verschwand gurgelnd in der Tiefe der Erde. Mit letzter Energie befreite Kenane Ainur und Vinsik aus dem Silbrigen Netz der Terenzia, dann sackte er lautlos und erschöpft in sich zusammen.

Kenane erwachte in den seidigen Falten von Ainurs Gewand, das aus dunkelblauen Nachtnebeln und Sternenglimmer gefertigt war. Sanftes, goldenes Licht umgab sie, ihre kühlen Hände lagen auf seiner Stirn, und zwei besorgte Augenpaare sahen ihn an.

„Er kommt zu sich", hörte er Vinsik erleichtert flüstern.

Ainur lächelte nur, aber ihre Augen schimmerten tränenvoll.

Die Hexe und die Fee saßen beide auf dem Boden vor dem zerstörten Netz und hatten Kenane in Ainurs weites Kleid gebettet, hielten ihn in ihren Armen und gaben ihm Stärke und Energie zurück. Bald fühlten sie alle drei sich wieder kräftig genug, um erneut ihre Wanderung zur Stadt der Erdtrolle aufzunehmen.

Und wieder gingen sie den dunklen Gang entlang. Ainur war von goldensanftem Schein umgeben, an den Wänden glitzerte und funkelte es, und bald kamen sie an ein drittes Tor. Es war ein hohes leuchtendes, gelbes Tor, vor dem zwei Erdtrolle Wache standen. Kreuzweise stellten sie ihre Wachspeere vor das Tor.

„Wer seid ihr, und was wollt ihr?" lautete die pflichtgemäße Frage der Wächter.

„Seid gegrüßt, liebe Erdtrolle. Vor euch stehen die Herrscher des Zauberwaldes – Vinsik, die Hexe – Kenane, der Zauberer – und ich, Ainur, die Waldfee. Wir möchten eurem König Edwin XIII. einen Besuch abstatten."

Ainurs Lächeln war wirklich hinreißend und bezaubernd. Auch ohne ihren Feenstab strahlte sie einen

Zauber aus, der seine Wirkung auf die Erdtrolle nicht verfehlte.

„Ihr werdet bereits erwartet", kam freundlich die rätselhafte Antwort.

Die Speere beiseite nehmend, verneigten sie sich tief und respektvoll, zogen das Tor auf und riefen eine Ehrenwache zum Geleit. Vor Ainur, Vinsik und Kenane öffnete sich die große, bunte, laute, lustige Trollstadt, die in einem weiten, lichten Kessel lag.

Sanftes, durch grüne Farne gefiltertes Sonnenlicht strömte von oben herein. Die Stadt der Erdtrolle war so gekonnt angelegt, dass sie zwar vor menschlichen Blicken geschützt und versteckt war, aber dennoch die Wärme und das Licht der Sonne nicht entbehren musste.

Die Ehrenwache führte sie eine breite, gepflasterte Straße entlang. Überall herrschte reges Leben und Treiben. Trollfrauen und Trollmänner eilten geschäftig hin und her, manche standen auch miteinander plaudernd herum, Trollkinder lärmten durch die Straßen, in und an den Häusern wurde geputzt, gestrichen und geschmückt.

Mitten in der Stadt der Erdtrolle stand auf einem großen, weiten Platz der prächtige Palast des Königs, dessen Zentrum der Königsturm bildete. Viele Trollgenerationen hatten für jeden König daran gebaut, und so war eine mächtige Anlage aus dem einstmals allein angelegten Königsturm geworden.

Die pompös ausstaffierte Königswache am Eingang

des Palastes salutierte. Trompetengeschmetter erklang, und bald darauf befanden die drei Reisenden sich endlich am Ziel ihrer abenteuerlichen Reise.

Bei den Schnecken hatten sie bereits die prunkvolle Audienzhöhle des Schneckenschamanen Purpius kennen gelernt. Aber die Thron- und Empfangshalle von Edwin XIII., dem König der Erdtrolle, war so grandios und glanzvoll, dass sogar der weltgewandte und weit gereiste Zauberer Kenane bei jedem seiner Besuche vor so viel Prunk und Prachtentfaltung blinzelte.

Über einen Boden aus poliertem, vielfarbigem Marmor schritten sie wie auf einem zu Stein erstarrten Regenbogen dahin. Die Wände zierten schillernde Spiegel, die den riesigen Raum noch größer und weiter erscheinen ließen. Viele seidene Bänder, in sämtlichen Farbnuancen leuchtend, hingen in Girlanden von der Decke herab, bewegten sich leise raschelnd in jedem kleinen Luftzug. Skulpturen von Erdtrollregenten und bunte Blumengebinde verteilten sich optisch wirkungsvoll im Saal.

Auf einer dreistufig angelegten Empore saßen König Edwin XIII. und Königin Hulda, seine Gemahlin. Um sie herum drapierte sich malerisch der gesamte Hofstaat von Gesandten, Ministern und Dienern in Livree. Erwartungsvoll sahen sie ihren Besuchern entgegen.

Flankiert von ihrer Ehrenwache wurden Ainur, Vinsik und Kenane von Edwin XIII. und Hulda in herzlichster Weise begrüßt. Kenane war ihnen schon seit Jahren kein Fremder mehr. Vinsiks Wirken war natürlich hinlänglich bekannt. Und an Ainurs Hilfe, als sie einige vorwitzige Trollkinder vor dem Zorn der Bienen gerettet hatte, konnten sie sich noch gut erinnern. Auch ihr kleiner Sohn, Prinz Edwin, war damals mit dabei gewesen.

„Und morgen heiratet Unsere älteste Tochter, Prinzessin Edita, den Sohn und Thronfolger des Koboldkönigs Gundur V. Wir freuen Uns, dass Ihr Unsere Einladung doch erhalten habt und zu den Feierlichkeiten der Zusammengabe von Edita und Gundur erschienen seid", schloss König Edwin XIII. seine Begrüßungsansprache.

Die Gesichter der drei Besucher zeigten Unverständnis. „Keiner von uns hat eine Einladung bekommen."

„Aber Unsere Botenflieger haben doch all die Schreiben rund geflogen", wunderte sich der Trollkönig. „Seid Ihr vielleicht schon länger unterwegs?"

„Wir sind auf der Suche nach meinem Feenstab. Er ist verschwunden. Ohne ihn bin ich machtlos, denn in ihm steckt meine ganze Zauberkraft verborgen. Er lag in den Wurzeln des Hohlen Baumes. Von der Bienenkönigin Brummsummse II. erfuhren wir, dass Angehörige Deines Volkes ihn gefunden und mitgenommen haben", erklärte Ainur König Edwin.

„Ja", bekräftigte Königin Hulda, „es ist Uns ein regenbogenfarbener Stab mit einem Funkelkristall an der Spitze überbracht worden. Er ist so wunderschön. Er soll ein Geschenk für das junge Paar werden."

„Oh! Das geht leider nicht, denn dieser Stab ist mein Eigentum und Bestandteil meiner Zauberkraft", wandte Ainur ein.

„Nun, da er ein Zauberstab ist, wird er für Edita und Gundur doppelt wertvoll", beharrte Königin Hulda, fing sich für diese Bemerkung aber einen bitterbösen Seitenblick von ihrem königlichen Gatten ein.

„Auch hierin muss ich Dich leider enttäuschen, denn den Zugang zu seiner Macht besitze nur ich allein. Niemand sonst kann sie nutzen. Ich betone noch einmal: Dieser Feenstab ist mein Eigentum", blieb Ainur, die Waldfee fest.

Nach einem neuerlichen, auffordernden Seitenblick Edwins XIII. winkte Königin Hulda einem Minister, der daraufhin sofort verschwand. Kurz darauf kehrte er mit einem goldenen Kissen zurück. Auf diesem lag, weich gebettet, der so lang entbehrte Stab.

Das Kissen samt Stab überreichte er seiner Königin. Die nahm den Stab, stand auf und stieg die drei Stufen zu Ainur und ihren Gefährten hinab. Königin Hulda überreichte der Waldfee ihren Stab der Macht.

„Was Dein ist, soll auch Dein bleiben, liebste Ainur", wahrte sie Fassung und Gesicht.

Beide Frauen umarmten sich, und Ainur war unendlich erleichtert, ihren machtvollen Zauberstab wieder in Händen zu halten.

Königin Hulda wiederholte die Einladungen zu den Feierlichkeiten mündlich. „Bitte, macht Uns die Freude, und bleibt zur Zusammengabe von Edita und Gundur."

„Habt vielen Dank für die Einladung, die wir gern annehmen", erwiderte lächelnd Ainur.

Königin Hulda zwinkerte dem Blauen Zauberer zu: „Und für Dich haben Wir auch noch eine besondere Überraschung, Kenane …"

Weiter wollte sie aber nichts verraten, sondern vertröstete ihn auf die morgige Feier der Zusammengabe. Im weiteren Tagesverlauf reisten die übrigen Hochzeitsgäste aus dem Zauberwald an.

Gegen Abend traf auch die königliche Koboldfamilie ein. Hulda und Edwin XIII. brauchten ihre Ehrengäste nicht vorzustellen, denn die drei Herrscher im Zauberwald waren allen Kobolden bestens bekannt. Die Hexe Vinsik wurde mit leicht säuerlicher Miene begrüßt, erinnerte man sich doch deutlich der ausgeübten Bosheiten in letzter Zeit. Vinsik hielt sich dicht an Ainur, grinste verlegen und leicht zerknirscht. Einige Kobolde trugen noch Reste der Spuren von Vinsiks Verwirrungskünsten im Gesicht oder am Körper.

Gundur Junior war entzückt, wie hübsch Edita heute Abend wieder aussah. Die beiden kannten sich von Geburt an. Ihre Eltern hatten die Zusammengabe ihrer Kinder bereits vor vielen Jahren beschlossen, als diese noch beide Sandburgen bauten. Und – selten genug bei solchen Arrangements – hatten die zwei sich auch noch ineinander verliebt.

Das Volk der Kobolde konnte sich glücklich schätzen, ein solches Königspaar zu bekommen. Mit dem Tag der Zusammengabe wollte König Gundur V. von seinem Amt zurücktreten, um seinem Sohn die Regentschaft zu überlassen. Die Krönung des neuen Königspaares der Kobolde würde also gleich im Anschluss an die Zeremonie der Zusammengabe durchgeführt werden.

Schließlich saßen alle lustig vereint an der riesigen Abendtafel. Es gab reichlich zu essen und zu trinken, Musik spielte auf, und der Hofnarr versprühte an diesem Abend ein wahres Feuerwerk an Witz, Geist und Humor.

Ein Gast, ein äußerst wichtiger sogar, fehlte noch. Doch Königin Hulda zeigte sich nicht beunruhigt. Er würde auf jeden Fall noch rechtzeitig morgen zu den Feierlichkeiten eintreffen. Dieser Gast war auch die Überraschung, die Königin Hulda Zauberer Kenane versprochen hatte.

Am nächsten Morgen, nachdem sich alle gerade wieder in der Halle zum Frühstück versammelt hatten, kündete lautes Trompetengeschmetter den letzten Gast zur Feier der Zusammengabe von Edita und Gundur Junior, bald schon Gundur VI., an.

Wie alle blickte Kenane gespannt zum Halleneingang. Seit gestern fragte er sich, wer denn nun dieser besondere Gast sein könnte, der für ihn eine Überraschung darstellen sollte.

Die Flügeltüren öffneten sich, und über den polierten Marmorregenbogen schritt ein Mann, der Zauberer Kenane verblüffend ähnlich sah. Groß gewachsen (obwohl im Augenblick auf Trollgröße geschrumpft), lockige Haare und glitzernde Augen, oberhalb der Lippe zierte ein leicht geschwungenes Bärtchen das Gesicht, und das Kinn betonte ein kleiner Bartansatz. Er trug einen Zauberhut mit Knick und einen weiten, sternenbesetzten Mantel. Kenanes Kleidung war von blauer, die des Ankömmlings von grüner Farbe.

Es wurde still in der Halle. Alle schauten verwundert zwischen den beiden hin und her.

Kenane erhob sich lächelnd und ging auf den ebenfalls lächelnden Grünen Zauberer zu. Lange hatten sie sich nicht gesehen, denn Wenawe war viele Jahre in der Welt umhergereist. Kenane hatte gleicherweise weite und ausgedehnte Reisen unternommen, war schließlich im Zauberwald heimisch geworden. Jetzt fielen die beiden Männer sich lachend in die Arme.

„Wenawe! Wo kommst Du her? Seit wann bist Du wieder in heimatlichen Gefilden? Warum hast Du Dich nicht sofort bei mir gemeldet? Geht es Dir gut? Wie schön, wie wunderschön, Dich wieder zu Hause zu sehen, mein Bruder!"

„Ach, Kenane, das sind eine Menge Fragen auf einmal", milderte Wenawe den von gelungener Überraschung geprägten Ansturm seines Bruders.

„Der Ruf unserer Freunde erreichte mich in den Südlichen Ländern. Um noch rechtzeitig zur Zeremonie der Zusammengabe meiner kleinen Edita mit Gundur zu erscheinen, musste ich mich sehr beeilen. Umso mehr freut es mich, auch Dich hier zu sehen."

Wenawe wandte sich an die Gastgeberin: „Königin

Hulda, Du hast mir gar nicht verraten, dass auch mein Bruder Kenane an eurer Feier teilnimmt. Doch zunächst sei auch Du recht herzlich begrüßt und nimm meinen Dank für die Einladung."

Mit diesen Worten ließ Zauberer Wenawe hunderte von bunten Blumen von der Seidenbänderdecke herabregnen. Nun wurde Wenawe von den Trollen und Kobolden umringt, begrüßt und mit Fragen überhäuft. Lachend hob er Edita hoch und schwenkte sie herum wie ein kleines Mädchen. Als er sie das letzte Mal gesehen hatte, war sie das auch noch gewesen. Edita ließ es sich kichernd gefallen.

Mit großen Augen hatten sowohl Ainur als auch Vinsik diese Begrüßungsszene verfolgt. Nachdem sich der allgemeine Trubel etwas gelegt hatte, kamen der Blaue und der Grüne Zauberer auf die beiden zu. Kenane strahlte übers ganze Gesicht. „Ainur! Vinsik! Ich möchte euch meinen Bruder Wenawe vorstellen. Er hat lange Jahre die Welt bereist und ist extra zur Zeremonie der Zusammengabe von Edita und Gundur gekommen. Edita ist sein besonderer Schützling. Er hat sie mal vor den Schwarzen Wölfen des Zauberwaldes gerettet, die aus einem Trollkind einen Sonntagsbraten machen wollten."

„Und ihr seid die beiden Sternenschwestern, die im Zauberwald leben?" machte Wenawe eine seltsame Feststellung.

„Wie bitte?" platzten Ainur und Vinsik gleichzeitig in leicht erhöhter Tonlage heraus. Sie wandten sich einander zu und starrten sich in die dunklen, nachtschwarzen Augen.

„Wenawe, dies ist Ainur, die Waldfee, und dies ist Vinsik, die Waldhexe, meines Wissens nicht miteinander verwandt", beeilte Kenane sich, Ainur und Vinsik vorzustellen.

Ainur wie Vinsik holten tief Luft, öffneten den Mund, sagten dann aber doch nichts, sondern bemühten sich, jede in eine andere Richtung zu blicken.

Wenawe lächelte Kenane an: „Nun, da kann ich Dir aber etwas anderes berichten."

Drei vor Spannung flammende Augenpaare hefteten sich auf ihn, forderten stumm eine Erklärung.

Die vier suchten sich ein gemütliches Plätzchen. Dann erzählte der Grüne Zauberer von einer Reise, die ihn ins Wolkenreich führte. Dort traf er auf ein seltsames Paar, das weder miteinander noch ohne einander leben konnte. Sir Sol und Lady Luna hatten ein Arrangement getroffen, das es ihnen ermöglichte, ein gemeinsames Heim zu bewohnen, jedem aber genügend Freiraum offen hielt, seine Verschiedenartigkeit zu bewahren.

Der forsche, selbstsichere Sir Sol schenkte tagsüber der Erde Wärme und strahlendes Licht. Die ruhige, sanfte Lady Luna labte des Nachts die Erde mit Kühle und lieblichem Schein.

Manchmal begegneten sie für kurze Zeit einander und liebten sich dann leidenschaftlich. So bekamen sie zwei Töchter, die genauso unterschiedlichen Charakters waren wie sie selbst.

Die eine war sanft und lieblich wie Lady Luna, mit Haaren, die glänzten wie der rote Mond im Herbst. Ihre Haut schimmerte mondhell und zart, die Augen leuchteten wie die schwarze Nacht.

Die andere war forsch und strahlend wie Sir Sol und von dampfendem Temperament, mit schwarzen Krauslocken, aber der gleichen mondhellen und zarten Haut und den gleichen leuchtenden, nachtschwarzen Augen wie ihre Schwester.

Die beiden wuchsen zwar gemeinsam und behütet auf, doch bedauerte jede insgeheim, nicht so auszusehen und von solcher Art zu sein wie die andere. Sie gerieten immer häufiger aneinander, so dass die arme Erde immer öfter von Gewittern, Beben und Vulkanausbrüchen heimgesucht wurde. Denn Streit und Zank im Wolkenreich hatten immer verheerende Wirkungen auf der Erde zufolge.

Über ihr gegenteiliges Empfinden – die eine hatte Mitleid mit den geplagten Geschöpfen der Erde, die andere freute sich an den Ärgernissen – gerieten sie ständig in Streit. Die ewigen Streitereien und Unruhen erbosten ihre Eltern so, dass sie die beiden kurzerhand aus dem Wolkenreich hinauswarfen, auf die Erde hinunter, wo sie im Zauberwald landeten.

Auf der einen Seite des Waldes richtete sich die sanfte Schwester als Fee in einem steinernen Turm ihren Ort zum Leben ein, auf der anderen Seite des Waldes bewohnte die zornige Schwester als Hexe den Wipfel einer Eiche.

Auf Geheiß ihrer Eltern, der Himmelsherrscher Sir Sol und Lady Luna, sollten sie so leben, bis sie eines Tages eingesehen hätten, dass nur Respekt und Achtung vor dem Anderssein eines jeden Lebewesens ein friedvolles und harmonisches Miteinander gewährten.

Seitdem bildeten der hohe Feenturm, die mächtige Eiche und das blaugrüne Zauberhuthaus das magische Herrscherdreieck im Zauberwald.

Schweigen herrschte unter den Vieren, als Wenawe mit seiner Geschichte geendet hatte. Keiner wusste so recht, in welche Richtung zu blicken oder welche Worte zu sprechen seien. Die leicht gedrückte Stimmung wurde fortgewischt, als Zauberer Wenawe gebeten wurde, sich für die Zeremonien bereit zu machen.

„Mir fällt die ehrenvolle Aufgabe zu, sowohl die Zeremonie der Zusammengabe als auch die der Krönung vorzunehmen", erklärte er lächelnd.

Die riesige Audienzhalle schien vor Teilnehmern an den Feierlichkeiten zu bersten. Längst nicht alle Gäste konnten sich eines Sitzplatzes erfreuen. Als Ehrengäste saßen Kenane mit Ainur und Vinsik zur Linken und zur Rechten in den vordersten Reihen zwischen den Elternpaaren Hulda und Edwin XIII. und Susa und Gundur V.

Von einer versteckten Galerie klang liebliche Musik, die die Halle erfüllte und einen sanften Klangteppich unter das Gemurmel der Gäste breitete. Die Thronempore war geräumt und für die Zeremonien vorbereitet worden. Auf einem mit dunkelrotem Samt überzogenen Sockel lagen die Symbole der Regentschaft für den neuen König und die neue Königin der Kobolde bereit.

Erwartungsvolle Stille breitete sich in der Halle aus, als Zauberer Wenawe in grünem Rauch und silbrigem Sternenglitzer auf der Empore erschien.

Feierliche Musik erklang, die Flügeltüren der Halle schwangen auf und in einen prächtig schillernden Umhang gekleidet schritt Gundur, der Koboldprinz den steinernen Regenbogen entlang. Ihm folgten zwölf Koboldpagen, ebenfalls alle aufwändig farbig herausgeputzt. Wie die Trolle liebten auch Kobolde auffallende, bunte Farben.

Als der kleine Zug zur Rechten der Empore versammelt war, stimmten die geheimnisvoll verborgenen Musiker eine neue, zarte Melodie an. Durch die geöffneten und von den Ehrenwächtern flankierten Flügeltüren schien nun Edita, die Prinzessin der Erdtrolle herein zu schweben, umhüllt von einer Wolke aus hauchfeiner, fast transparenter Seide in den verschiedensten Farbnuancierungen. Ihr Gefolge bestand aus zwölf Erdtrollmädchen, ein jedes in eine andere Farbe des Regenbogens gekleidet.

Die Mütter und Königinnen der Trolle und Kobolde konnten ihre Tränen nicht zurückhalten, als die beiden jungen Leute in ihren prunkvollen Gewändern mit feierlichen Gesichtern dastanden und auf den Segen für ihr weiteres und gemeinsames Leben warteten. Die beiden waren so voller Träume und Hoffnungen an die Zukunft. Von allen Seiten flogen ihnen gute Wünsche zu. Sie sahen einander an, und Zauberer Wenawe begann mit der Zeremonie der Zusammengabe.

Zunächst erzählte er von Edita, der Erdtrollprinzessin, sodann sprach er über Gundur, den Koboldprinzen. Schließlich schilderte er, wer und was sie beide bald sein würden, denn Edita und ihr Gundur waren ein ganz besonderes Brautpaar – kaum zusammengegeben, würden sie auch noch zum Königspaar der Kobolde gekrönt.

Endlich stellte er den beiden die entscheidenden Fragen, und beide antworteten deutlich mit: „Ja".

Wenawe legte die Hände von Edita und Gundur ineinander.

Die Zeremonie der Zusammengabe wurde mit der Erdtroll-Hymne beendet, die alle Trolle laut und inbrünstig mitsangen. Nun ging der Grüne Zauberer zur Krönungszeremonie über und bat das amtierende Königspaar der Kobolde, Susa und Gundur V. auf die Empore.

Edita und Gundur mussten auf der untersten Stufe der Empore niederknien. Wenawe überreichte Gundur V. die Krone und das Zepter des Regenten, damit er Amt und Würden an seinen Sohn weitergeben konnte. Ebenso überreichte er Susa die Krone und das Zepter der Regentin zur Weitergabe von Amt und Würden an ihre Schwiegertochter.

Diese feierliche Handlung wurde in völliger Stille vollzogen, nur die kostbaren Stoffe der Kleider raschelten sanft bei jeder Bewegung. Schließlich betraten auch Hulda und Edwin XIII. die Empore. Die beiden Elternpaare stellten sich zu beiden Seiten des Zauberers in den Hintergrund.

Zauberer Wenawe hob das Königsschwert und berührte damit die Schultern des knienden, gekrönten Paares. Noch immer herrschte völlige Stille in der riesigen, bis zum letzten Fleck gefüllten Halle.

Wenawe ließ das junge Königspaar aufstehen und präsentierte unter den Klängen der Koboldland-Hymne Königin Edita und König Gundur VI. Jubel erscholl aus hunderten Kehlen und Blumen über Blumen regneten auf alle Anwesenden herab.

Ausgelassen feierten nun sämtliche Trolle und Kobolde. Im Schloss, auf den Straßen und Plätzen, in allen Häusern von Trolle-Stadt wurde getanzt, gelacht, gesungen, gegessen und getrunken.

Auch die Herrscher des Zauberwaldes wurden mit in den Freudentaumel gezogen. Das fröhliche Fest dauerte den ganzen Tag und die ganze Nacht. Ainur und Vinsik, Kenane und Wenawe vergaßen die Geschichte vom Wolkenreich für eine Weile und tanzten lachend und fröhlich mit den Trollen und Kobolden.

Die rotgoldenen Strahlen der Morgensonne fanden eine erschöpfte, schlafende Trolle-Stadt. Unter so manchem Tisch drang ein lautes Schnarchen hervor. Einige der eifrigsten Feierer waren übermüdet und voll des süßen Weines umgefallen und dort liegen geblieben, wo sie sich gerade befanden.

Im Schloss kitzelte ein Sonnenstrahl Vinsiks Nase. Mit geschlossenen Augen räkelte und dehnte sie sich in den seidenen Kissen ihres Bettes. Sie setzte sich auf, öffnete die Augen und sah sich erstaunt um.

Jetzt, im frischen Morgenlicht und mit klarem Kopf, nahm sie ihr in rosenfarbenen Pastelltönen gestaltetes Zimmer erst richtig wahr. Sie lag in einem großen Bett mit vielen Kissen. Auf dem Boden breiteten sich dicke, flauschige Teppiche, vor den Fenstern hingen zarte, aus ellenlangem Stoff gefertigte Gardinen. Es gab einen Schminktisch mit Spiegel, Tiegelchen, Flakons darauf und einem Hocker davor. Die andere Wand zierte eine dickbauchige Kommode. Auf der stand eine Vase mit einem großen, bunten Blumenstrauß.

Dieser Blumenstrauß erinnerte Vinsik an den Grünen Zauberer Wenawe. Mit ihm konnte sie sich unterhalten wie noch mit niemandem zuvor. Er brachte sie zum Lachen, hatte sie mit den unglaublichsten Speisen versorgt und wusste von Dingen zu berichten, von denen sie nie etwas gehört hatte. Sie hatten sogar miteinander getanzt! Oh, dieser Mann …

Nebenan erwachte Ainur in einem ähnlichen Raum, in dessen Farbgebung ein zartes Gelb den Ton angab. Neben dem Bett, auf einem kleinen Tischchen, lag ihr Feenstab. Das Sonnenlicht fing sich in seinem Kristall und ließ ihn funkeln und sprühen.

Ainur lächelte, als sie an das Fest dachte. Fast die ganze Zeit hatte sie mit Kenane getanzt. Gegenseitig hatten sie sich mit kleinen Leckerbissen von der Festtagstafel gefüttert.

Dieser Blaue Zauberer mit dem Sternenfunkel in seinen Augen …

Kenane lag ebenfalls bereits wach in seinem Bett. Selbstverständlich hatte man ihm das Zimmer vorwiegend in Blautönen eingerichtet. Statt einer Schminkecke gab es einen Tisch mit zwei tiefen, weichen Sesseln.

Auch er ließ seine Gedanken fliegen. Die Hände hinter dem Kopf verschränkt, glitt sein Blick in die Ferne. Wenawes Geschichte von den ungleichen Sternenschwestern aus dem Wolkenreich tauchte wieder auf. Sein Bruder konnte nur Ainur und Vinsik gemeint haben.

Ainur – kleine, sanfte Fee mit dem zärtlichen Lächeln …

Wenawe schlummerte noch in seinem – natürlich! – in Grüntönen eingerichteten Gemach. In seinem Traum schwebte ein kleines, rotschwarzes Hexlein mit lustigem Augenzwinkern über einer Wiese voller roter Mohnblumen.

Er selbst flog auf einem silbernen Stern rund um die Welt. In jedem Land begegneten ihm interessante Menschen, doch immer wieder tauchte dieses freche, zarte Gesichtchen der kleinen Hexe auf und wischte diese Bilder fort. Oh, Vinsik …

So nach und nach versammelten sich die Zeremoniengäste zu einem späten Frühstück in der Halle. Der Blaue und der Grüne Zauberer strahlten übers ganze Gesicht, als die Fee und die Hexe die Halle betraten. Verlegen lächelnd schritten sie anmutig auf die zwei großen Männer zu.

So verschieden sie voneinander waren, erschienen sie einander doch so ähnlich. Kenane fragte sich, warum ihm das nicht bereits viel früher aufgefallen war. Zur Begrüßung wurden sie von beiden vorsichtig in die Arme genommen und auf die Wangen geküsst.

Das morgendliche Mahl verlief sehr harmonisch, und je mehr Trolle und Kobolde hinzukamen, desto lustiger wurde die Stimmung.

Bisher hatten sie alle vier es vermieden, auf die Geschichte aus dem Wolkenreich anzusprechen, doch schwang das Thema im Raum. Kenane legte schließlich den Finger auf den Punkt.

„Mein Bruder hat gestern eine seltsame Geschichte erzählt. Ihr beide seid die Sternenschwestern", stellte er lakonisch fest.

Ainur und Vinsik saßen einträchtig nebeneinander, hatten den ganzen Tag noch nicht gegeneinander gestichelt oder gehetzt.

Nun sahen sie sich an.

Lange.

Ernst, prüfend, leicht distanziert.

Dann schlichen sich winzige Fünkchen in ihrer beider Augen, und endlich schenkten sie sich ein gemeinsames, strahlendes Lächeln, das das Licht in der Halle heller leuchten ließ. Sie fielen sich in die Arme und lachten und weinten gleichzeitig, und hielten einander fest, wollten sich nie wieder loslassen.

Der Blaue und der Grüne Zauberer betrachteten diese Szene – Kenane staunend, Wenawe schmunzelnd. Als Ainur und Vinsik sich beruhigt hatten, bestätigten sie Wenawes Geschichte vom Tag zuvor. Sie erzählten sie sogar noch weiter.

Als sie damals im Zauberwald angekommen waren, hatten sie sich weit auseinander gelegen ihre Wohnungen eingerichtet. Ainur machte den Turm zum Feenturm. Vinsik schwang sich in den Wipfel der uralten Eiche und richtete sich dort häuslich ein.

Keine wollte der anderen jemals wieder begegnen. Doch da sie einander eigentlich sehr ähnlich waren, trafen sie immer wieder zusammen. Den alten Streit aus dem Wolkenreich führten sie nun auf der Erde weiter. Alles, was Ainur tat, war Vinsik ein Dorn im Auge. Ständig spielten sie ihre Zaubermacht gegeneinander aus. Sie halfen und zerstörten gleichzeitig. Jede versuchte das, was die andere tat, ins Gegenteil zu verkehren. Diese Kämpfe gipfelten schließlich in Vinsiks Diebstahl von Ainurs Feenstab.

Doch die gemeinsame Suche, unterstützt durch Kenanes Hilfe, hatte die zerstrittenen Sternenschwestern einander näher gebracht. Langsam fingen sie an zu begreifen, was ihre Eltern trotz ihrer großen Verschiedenheit miteinander verband. Und sie begannen auch zu verstehen, was Sir Sol und Lady Luna beabsichtigten, als sie sie aus dem Wolkenreich auf die Erde in den Zauberwald verbannten. Trotzdem hegten sie einen tiefen Groll gegen ihre Eltern.

Zum Nachmittag hin beschloss das Magische Quartett, die Heimreise in den Zauberwald gemeinsam anzutreten. Die Festivitäten nach den Zeremonien der Zu-sammengabe und der Krönung würden in Trolle-Stadt noch Tage andauern, aber Ainur und Vinsik fanden, dass sie lange genug aus dem Zauberwald fort gewe-sen seien. Sie wollten heim.

Schließlich verabschiedeten sich Ainur, Vinsik, Kenane und Wenawe von den Erdtrollen und Kobolden. Herzli-che Umarmungen und viele gute Wünsche wurden ge-tauscht, dann geleitete eine Ehrenwache die vier durch ein hohes, leuchtend grünes Tor und die schützenden grünen Farnblätter hinauf in den Zauberwald.

Oben, unter den mächtigen Bäumen, wuchsen sie wieder zu normaler Größe. Ainur hielt ihren Zauber-stab ganz fest. Nie mehr würde sie ihn unbeobachtet irgendwo liegen lassen, auch wenn von Vinsik wohl kei-ne Gefahr mehr drohte.

Es war heller Tag und Vinsik im Besitz ihrer vollen Zauber-kraft. Kenane und Wenawe waren außerhalb des unterirdi-schen Trolle-Hoheitsgebietes auch wieder in der Lage, ihre Zaubermäntel zur Reise zu nutzen. Doch keiner der vier wollte beginnen, sich zu verabschieden.

Schließlich sagte Wenawe leichthin: „Kenane, ich werde Vinsik in ihr Baumhaus begleiten. Sie hat dort noch eine Schwierigkeit zu bewältigen, und ich habe mich entschlos-sen, ihr dabei behilflich zu sein. Wir sehen uns später."

Ainur nahm er zum Abschied in die Arme und sagte leise: „Du hast eine wundervolle Schwester. Verlier sie nicht wieder."

Vinsik hatte dagestanden und ihren Ohren nicht trauen wollen! Was erlaubte sich dieser Grüne Zauberer eigentlich! Sie war sehr wohl imstande, ihre Schwierigkeiten allein zu bewältigen! Mit geöffnetem Mund und großen Augen sah sie ihn an. Doch bevor ein Wort des Widerspruches ihren Lippen entschlüpfen konnte, hatte Wenawe sie in seine Umarmung geschlossen und warf seinen grünen Mantel um sie beide.

Im nächsten Augenblick standen sie – *husch!* – in Vinsiks Baumhaus. Vinsiks Gesicht drückte noch immer Protest aus. Wenawe sah ihr tief in die Augen und hielt sie weiter im Arm. Mit der freien Hand strich er zart über ihr Gesicht und ihren Hals.

Vinsik zitterte bis in die kleinen Zehen, als Wenawe sich niederbeugte und ihr Gesicht mit vielen, kleinen, hauchzarten Küsschen bedeckte. Sanft wanderten seine Lippen über ihren Hals hin und wieder zurück zu ihrem Mund, um sie lange und zärtlich zu küssen. Sein Mund streichelte ihre Lippen, öffnete sie und umspielte ihre Zunge mit der seinen.

Zuerst machte Vinsik sich ganz starr wie Stein, doch plötzlich schlang sie beide Arme um den großen Mann, hielt sich an ihm fest und erwiderte leidenschaftlich seinen Kuss.

Und Wenawe hielt sie fest, ganz fest, diese kleine Zauberfrau, die ihn schon fasziniert hatte, als er die

Geschichte der Sternenschwestern im Wolkenreich vernommen hatte. Nie wieder sollte dieses zarte und gleichzeitig so starke Wesen an sich zweifeln und wünschen, eine andere zu sein als sie selbst.

Als Wenawe so plötzlich mit Vinsik verschwunden war, befanden sich Ainur und Kenane allein unter den mächtigen Bäumen, lächelten einander zu und brauchten keine Worte mehr.

Kenane umfing Ainur mit seinem blauen Mantel und – *husch!* – erschienen sie in Ainurs Turmzimmer. Sie ließen sich in die vielen bunten Kissen sinken, lagen da, schauten sich an, vergaßen die Welt um sich herum und schenkten einander die Zärtlichkeit, die sie schon so lange füreinander empfanden.

Im Zauberwald herrschten von nun an paradiesische Zustände. Da Ainur und Vinsik keine Kämpfe mehr austrugen, blieben die Zauberwaldbewohner vor Attacken, üblen Streichen und den anderen üblichen Bosheiten verschont. Vinsik war der Steinfigurentzauberungsspruch wieder eingefallen, und so hatte Kater Murks seine lebendige Gestalt wieder erhalten. Nach ausgiebigem Kraulen und Schmusen hatte Murks seinem Frauchen wieder verziehen. Katzenfröhlich ging er nun wieder auf seine Streifzüge.

Überhaupt. Vinsik! Wie hatte diese winzige Hexe sich verändert.

Keine Eifersüchteleien mehr wegen Ainurs strahlendem Charme und durchscheinender Schönheit. Wenawes rückhaltlose Bewunderung hatte die verkniffene Bosheit aus Vinsiks Zügen gebannt. Dafür leuchtete nun ein ganz eigenes, gewisses Etwas aus ihren Augen, betonte ein zärtliches, manchmal leicht spöttisches Lächeln ihren geschwungenen Mund.

Der Blaue und der Grüne Zauberer hatten den Zauberhut vergrößert und ausgebaut. Bald wollten sie die Fee und die Hexe bitten, mit ihnen im Zauberhut zu leben. An einem besonders stürmischen Spätherbsttag verschwanden die Zauberer jedoch plötzlich, und kein Zauberwaldbewohner wusste, wohin sie gegangen waren.

Es war Winter geworden im Zauberwald. Schnee fiel in dicken, dichten Flocken vom Himmel und deckte alles mit einer weißen Decke zu. Der Murmelbach, der sonst so munter an Ainurs Turm vorüber gluckerte, war zu Eis erstarrt.

Die Fee saß in ihren bunten Kissen vor wärmendem Kaminfeuer, dachte an den Blauen Zauberer und fühlte sich schrecklich allein. Plötzlich zischte und krachte es im Kamin, das Feuer flackerte, roter Rauch quoll aus der Öffnung und füllte den Raum. Vinsik erschien, prustete, hustete und wedelte mit den Händen.

„Hallo, Schwesterlein! He, Du wirst doch wohl nicht dasitzen und Trübsal blasen? Schau mal aus dem Fenster! Es hat aufgehört zu schneien, alles glitzert, und der Schnee ist wie Pulver. Hol Deinen Mantel und komm mit raus in die frische Winterluft. Wir bauen einen Schneemann."

Ainur lachte. „Ach, Vinsik, Du hast wirklich die tollsten Ideen. Warte, ich bin sofort fertig."

Dick vermummt standen die beiden Frauen kurz darauf draußen im Schnee vor dem Turm und versuchten, einen Schneemann zu bauen. Das war gar nicht so einfach. Der Pulverschnee pappte nicht besonders gut zusammen und rieselte immer wieder auseinander. Doch mit der Zeit gewann der Mann aus Schnee doch Form.

„Hast Du etwas von Wenawe gehört?", fragte Ainur, ganz beiläufig.

Vinsik grinste. „Genau so wenig wie Du von Kenane, Schwesterlein."

Ainur seufzte und klopfte weiter an dem werdenden Schneemann herum.

Vinsik seufzte ebenfalls und klatschte eine Handvoll Schnee auf die Figur.

Plötzlich war die Luft erfüllt vom Rauschen riesiger Schwingen.

Ainur und Vinsik sahen auf. Wohlbekannte, sphärische Musik drang an ihre Ohren, und Deneb, der Große Reiseschwan ihrer Mutter, schwebte aus den Wolken herab, landete direkt vor ihren Füßen.

Die Stimme von Lady Luna ertönte. „Kommt, meine Töchter, steigt ein und kehrt ins Wolkenreich zurück. Ihr beide habt hier im Zauberwald viel gelernt. Euer Vater und ich möchten Euch gern wiedersehen."

Ainur schluckte trocken, wischte sich eine Haarsträhne aus dem erhitzten Gesicht und reckte das Kinn ein klein wenig vor. Vinsik ballte die Fäuste, presste die Lippen aufeinander und dampfte leicht aus den Ohren. Weder Ainur noch Vinsik gefiel diese Aufforderung.

„Nein, Mutter, so geht das nicht", wehrte Vinsik ab. „Erst setzt Ihr uns vor die Tür, weil Ihr mit unserer Art nicht fertig werdet und Euch mit uns nicht auseinandersetzen wollt, und wenn es Euch genehm ist und wir wieder Gnade vor Euren erlauchten Augen und Ohren finden, dürfen wir wieder in aller Demut vor Euch treten."

„Wir werden *nicht* mitfliegen", bekräftigte Ainur Vinsiks Worte.

„Nun, meine Töchter, ich dulde keinen Widerspruch. – Deneb, nimm bitte meine Töchter auf und kehre sofort mit ihnen zurück", blieb Lady Luna unerbittlich.

Ehe Ainur und Vinsik noch einen Einwand vorbringen konnten, wandte sich ihnen der lange Schwanenhals zu, der Schnabel öffnete sich, packte Vinsik und setzte sie in die mit weißem Samt ausgepolsterten Sitze zwischen den Flügeln.

Ainur, die wie erstarrt dastand, wurde als nächste geschnappt und ebenso zwischen die Flügel gesetzt. Deneb breitete seine wie Perlmutt schimmernden Schwingen aus, erhob sich elegant und geschmeidig und schwebte mit seiner kostbaren Fracht zurück ins Wolkenreich.

Ainur und Vinsik standen im riesigen, von Licht durchfluteten Wohnraum ihrer Eltern. Winzige, rotgoldene Fünkchen glühten im dichten Flor des silbergrauen Bodennebelteppichs, der die Insel bildete für drei tiefe, breite weiße Wolkensofas, die von gold-silbernem Schimmer durchzogen wurden. Sie bildeten die Sitzgruppe vor dem mächtigen, steinernen Kamin, in dem ein flackerndes Feuer brannte.

In einem dieser Sofas saßen Sir Sol und Lady Luna und blickten ihren Töchtern erwartungsvoll entgegen. Die Atmosphäre knisterte vor Spannung. Die betonte Würde und gleichzeitige Lässigkeit ihrer Eltern schuf eine merkliche Distanz.

„Meine lieben Töchter", begann Sir Sol, „Eure Aktivitäten im Zauberwald haben wir mit Interesse verfolgt. In der letzten Zeit konnten wir mit Freude feststellen, dass Ihr Euch einander genähert habt. Vinsiks dampfendes Temperament ist wohl etwas zur Ruhe gekommen."

Die beiden Herrscherinnen des Zauberwaldes ließen diese förmliche Rede über sich ergehen wie spätherbstlichen Nieselregen. Eine herzlichere Begrüßung war wohl nicht zu erwarten.

„Eurer Rückkehr ins Wolkenreich steht nun nichts mehr im Wege. Mit Eurer neu erlangten Ruhe und Ausstrahlung werden wir auch imstande sein, adäquate Lebenspartner für Euch zu finden, die den Glanz und die Sicherheit des Wolkenreiches erweitern."

Das war zu viel – sowohl für Ainur als auch für Vinsik!

Beide protestierten energisch gegen eine solche Zumutung, sprachen von Entführung aus der ihnen liebgewordenen Umgebung und wollten sich auf gar keinen Fall mehr irgendwelchen Verfügungen ihrer Eltern beugen. Sie hatten sich ihr eigenes Leben geschaffen und wollten auch ihre Lebenspartner selbst wählen.

Sir Sol und Lady Luna zogen erstaunt die Augenbrauen hoch, denn Widerspruch von solch heftiger Art hatten sie nicht erwartet.

Leise und kühl kamen die Worte Lady Lunas: „Meine Töchter, beruhigt Euch wieder und nehmt bitte endlich Platz. Ihr befindet Euch nicht vor einer Inquisition, sondern in der Wohnstätte Eurer Eltern."

„Ihr seid keine Eltern, sondern ferne Himmelsgestirne", murrte Vinsik.

Lady Luna und Sir Sol taten so, als hätten sie diese frevelhafte Bemerkung ihrer jüngeren Tochter nicht gehört. Nachdem sich Ainur und Vinsik etwas steif auf das Sofa gesetzt hatten, das dem ihrer Eltern gegenüberstand, fuhr Lady Luna fort: „Wir haben vor einiger

Zeit Besuch bekommen. Wir denken, dass Ihr Euch über Unsere Gäste ebenfalls freuen werdet."

Sie winkte, und ein kleiner Komet huschte aus dem Raum. Kurze Zeit darauf kehrte er zurück und hielt die große, doppelflügelige Bogentür für den angekündigten Besuch geöffnet.

Ainur und Vinsik sprangen gleichzeitig auf die Füße, als sie erkennen konnten, wer da den Wohnraum betrat. Lächelnd kamen der Blaue und der Grüne Zauberer auf sie zu.

Ainur und Vinsik sahen verwirrt und erregt zuerst die beiden Männer, sodann ihre Eltern und schließlich einander an. Was sollte das heißen? Sie hatten gedacht, dass Kenane und Wenawe sie beide lieb gewonnen hatten. Doch jetzt sah es so aus, als sei das alles bereits von den Eltern eingefädelt worden.

Nein, mit solchen Marionetten wollten die Mondfee und die Sonnenhexe nichts zu tun haben! Dann schon lieber weiterhin allein leben! Mit steinernen Gesichtern wichen sie zurück. Auf ihren Zungen spürten sie den bitteren Geschmack von Verrat.

„Ohne uns! Eure Spiele spielen wir nicht mehr mit. – Komm, Ainur, unsere Zauberkräfte sind inzwischen mächtig genug, dass wir auch ohne Erlaubnis das Wolkenreich verlassen können", wetterte Vinsik.

„Jawohl, Vinsik, Du hast recht. Lass uns gehen", bekräftigte Ainur.

Mit einem letzten, wütenden Blick wollten die beiden verschwinden, doch ein donnerndes: *„Bleibt!"* von Sir Sol ließ sie innehalten.

Trotzig standen sie da.

Von flammender Aura umgeben hatte Sir Sol sich erhoben, um seine Töchter zur Ordnung zu rufen. Lady Luna hielt sich neben ihm – groß, schlank, kühl und distanziert wie immer.

Doch Kenane und Wenawe geboten dem drohenden Familienzwist Einhalt. Sie baten um die Erlaubnis, mit Ainur und Vinsik allein sprechen zu dürfen. Sir Sol und Lady Luna nickten zustimmend.

„Wir werden euch den Wohnraum überlassen. Ihr findet uns in der Bibliothek."

Nachdem die Himmelsherrscher den Wohnraum verlassen hatten, pustete der Blaue Zauberer blausilbernen Flimmerstaub über Ainur. Desgleichen verfuhr der Grüne Zauberer – er pustete grünsilbernen Flimmerstaub über Vinsik. Der farbflimmernde Staub bewirkte, dass sich die Empörung der beiden Frauen legte und sie bereit waren, zuzuhören.

Wenawe begann: „Es tut uns leid, wenn wir Euch erschreckt haben. Vinsik, schon als ich eure Geschichte bei einem früheren Besuch hörte, hat mich die kleine, wilde Schwester fasziniert. Sie schien mir so ähnlich zu sein."

Die beiden Brüder lächelten einander kurz zu, und Wenawe fuhr fort: „Es ist zwar schon lange her und auch längst eingerenkt, doch unsere Geschichten sind nicht sehr verschieden voneinander. Ich war auch wild und aufmüpfig und neidisch auf meinen älteren Bruder Kenane, weil ihm alles so leicht zu glücken schien. Deshalb habe ich nicht nur Reisen unternommen wie er, sondern bin sehr lange Zeit aus dem Zauberwald fortgeblieben und habe mich Überall und Nirgendwo aufgehalten. Manchmal sind Kenane und ich während seiner Reisen in einem fernen Land zusammengetroffen. Während solcher Gelegenheiten haben wir ausgedehnte Gespräche miteinander geführt, und sind uns so immer näher gekommen. Schließlich wollte ich doch wieder nach Hause in den Zauberwald. Außerdem hegte ich die vorsichtige Hoffnung, die kleine, wilde Sternenschwester aus der Geschichte der Himmelsherrscher dort zu finden. Als ich Dir dann in Trolle-Stadt begegnete, begann sich mein Traum von Dir zu erfüllen."

Vinsik hörte mit großen Augen zu. Dieser Mann war wirklich umwerfend!

Nun ergriff Kenane das Wort: „Ainur, meine zärtlichsten Gedanken galten schon lange Dir, und die gemeinsam bestandenen Abenteuer haben in mir den Wunsch gefestigt, Dich immer in meiner Nähe wissen zu wollen.

Für Euch haben wir den Zauberhut vergrößert und ausgebaut, um dort mit Euch leben zu können. Um die Zustimmung Sir Sols und Lady Lunas zu erhalten, sind wir ins Wolkenreich gereist."

Ainur sagte nichts, sah Kenane nur unverwandt an.

„Ach, und habt Ihr schöne Blümchen regnen lassen, damit Mama und Papa beeindruckt waren?" spöttelte Vinsik.

Ainur stupste sie mit dem Ellbogen leicht in die Seite.

„Ist doch wahr", brummelte Vinsik. „Haben die beiden denn uns gefragt, ob wir ihre Wünsche teilen oder ob wir andere Vorstellungen haben könnten? Mit wem wollt Ihr denn leben – mit uns oder mit unseren Eltern, Ihr Blaugrünen Zauberer?", provozierte Vinsik weiter.

Wenawe trat ganz dicht vor Vinsik, hob ihr Gesicht sanft an, so dass sie ihm in die Augen sehen musste. Sie spürte seine Nähe, seine Wärme und sah das kleine Lächeln, das versteckt in seinen Augenwinkeln saß.

„Ich liebe Dich, Vinsik. Ich geb Dich nie wieder her. Und ich wünsch mir Frieden mit Deinen Eltern für Dich, Vinsik. Wenn man erwachsen und kein Kind mehr ist, sind Mutter und Vater nicht mehr die Größten. Das ist zwar schwer zu akzeptieren, doch wir sollten unseren Eltern verzeihen, dass auch sie nur ganz normale Lebewesen sind wie wir, die auch Fehler machen und Schwächen haben dürfen."

Ehe die Hexe weitere, spöttische Bemerkungen machen konnte, küsste der Grüne Zauberer sie zärtlich und lange.

„Wir sollten uns ein Beispiel an den beiden nehmen", bemerkte Kenane trocken, nahm Ainur in die Arme und tat es seinem Bruder nach.

Lang war die Tafel im Speisezimmer der Himmelsherrscher. Am einen Ende saß Sir Sol, ihm gegenüber, am anderen Ende, hatte Lady Luna Platz genommen. Beiderseits von Sir Sol waren Vinsik und Wenawe platziert, neben ihnen, zur Linken und Rechten von Lady Luna, Ainur und Kenane.

Die Gestaltung der Tischdekoration war geschmackvoll und symbolhaft zugleich – feurige Sonnenblumen, kühle Lilien, flammendrote Rosen, sanftgelbe Tulpen bildeten mit blaugrün schimmernden, großen Blättern eine Girlande, die sich über die Tischplatte wand.

Auserlesene kleine Gerichte wurden serviert, aber die Konversation schleppte sich dahin. Es war nur Kenane und Wenawe zu verdanken, dass überhaupt ein Gespräch stattfand. Ainur und Vinsik hüllten sich völlig in Schweigen, Lady Lunas Gesprächsbeiträge flossen spärlich, einzig Sir Sol griff dankbar und gewandt von seinen zukünftigen Schwiegersöhnen angeschnittene Themen auf. Anschließend an das abendliche Mahl saßen alle wieder im Kaminzimmer in den weichen Wolkensofas und tranken heißen Glühwein.

Und endlich begann die Familie des Wolkenreiches

miteinander zu reden. Die Diskussion wurde äußerst heftig geführt.

Auf der Erde hatte dies die Auswirkung, dass die Nacht dem Tag nicht weichen wollte, und ein fürchterlicher Schneesturm tobte. Pechschwarz war die Nacht, kein Mond, kein Stern blinkte am Himmel. Nur dunkle, geballte Wolkengebirge rasten dahin. Die Mächte der Finsternis krochen aus ihren Verstecken.

Blitze-Fritze zerriss mit mächtigen Blitzen die Dunkelheit und enthüllte sekundenweise die über die kältestarre Natur tobenden Elemente. Wie zerfetzte Fahnen ließ die Sturmfrau Wirbella den Schnee heulend durch die aufgewühlte Luft wehen. Der Donnerer rollte über das Land und ließ es bis in die entferntesten Winkel erzittern.

Kobolde, Trolle, Zwerge und alle Tiere des Zauberwaldes hockten vor Angst und Kälte zitternd in ihren Häusern, Höhlen und Unterschlupfen, hoffend, dass Ainur, die Waldfee und Kenane, der Blaue Zauberer ihnen zu Hilfe eilten.

Im Wolkenreich kam die intensive Auseinandersetzung zwischen den Himmelsherrschern und den Herrscherinnen des Zauberwaldes langsam in ruhigeres Fahrwasser. Dank vermittelnder Eingriffe der Zauberer.

Eltern und Töchter begannen, einander zu akzeptieren. Es war nicht so, dass auf einmal tiefer Friede und freudige Harmonie herrschten, aber Sir Sol und Lady Luna schienen eine Basis gefunden zu haben, auf der sie eine neue Art von Verständnis für ihre erwachsenen Töchter entwickeln konnten.

Ainur und Vinsik erweiterten ihren Blickwinkel und erkannten, dass eine andere Sicht der Dinge nicht unbedingt falsch und gegen sie gerichtet sein musste.

Zumindest war die Wolkenreichfamilie so weit gekommen, dass eine Verständigung möglich wurde. Schließlich gestanden Sir Sol und Lady Luna ihren Töchtern zu, dass sie weiterhin im Zauberwald leben wollten. Dafür versprachen Ainur und Vinsik, ihre Eltern oft im Wolkenreich zu besuchen.

Mit Kenane und Wenawe waren alle vier einverstanden.

Doch ein prunkvolles Fest der Zusammengabe, wie die Himmelsherrscher des Wolkenreiches es planten, lehnten sowohl der Blaue und der Grüne Zauberer als auch die Mondfee und die Sonnenhexe geschlossen ab.

Nun, da sie soweit miteinander im Reinen waren, wurden Gedanken und Handeln der Herrscher sowohl des Wolkenreiches als auch des Zauberwaldes völlig von den dramatischen Entwicklungen auf der Erde in Anspruch genommen. Die für kurze Zeit unkontrollierten Mächte der Finsternis hatten ihre Gelegenheit weidlich für sich genutzt.

Die Regentrude hatte so viel Wasser aus den Wolken geschüttet, dass die Flüsse aus ihren Betten über die Ufer getreten waren und weite Gebiete des Landes überflutet hatten.

Entwurzelte Bäume, zertrümmerte Häuser und Gebäude säumten traurig die aufgewühlten Wege von Wirbella, der Sturmfrau. Überall loderten Brände, die Blitze-Fritze hervorgerufen hatte, indem er seine Blitze wahllos herumschleuderte. Sofort war auch der Donnerer zur Stelle, lärmte und polterte und krachte überall im Wald herum.

Die großen Schwarzen Wölfe trabten durch die Schattenwelt, suchend, ob auch für sie ein Fang zu erhaschen sei. Die Tiere, Zwerge, Kobolde oder Trolle, die kein sicheres Versteck hatten finden können, waren verloren.

Klirrend blies der Frostmann seinen eiskalten Hauch in die Wolken, so dass Schnee und Hagel aus ihnen fielen. Raureif betonte die Zerstörungen der Natur. Eis bildete sich auf Pfützen und Lachen.

Ainur und Vinsik standen mit offenem Mund und vor Schreck geweiteten Augen auf dem Ausguck des Blaugrünen Zauberhutes und betrachteten das Chaos, das in ihrem geliebten Zauberwald herrschte. Stumm standen Kenane und Wenawe hinter ihnen und waren genauso erschrocken und tief betroffen über das Entsetzliche, das in ihrer Abwesenheit geschehen war.

Doch mit einem Mal war der Himmel nicht mehr so schwarz, die Blitze zuckten nicht mehr so wild, der Donner rollte weniger laut, und auch das Heulen des Windes ließ nach. Die Wolken lockerten auf und plötzlich brach ein Sonnenstrahl hindurch, küsste Vinsiks Nasenspitze und streichelte über Ainurs Haar.

Sir Sol war dabei, die Mächte der Finsternis wieder auf ihre Plätze zu verweisen. Dennoch blieb genügend Arbeit für das Magische Quartett. Trauer stand in ihren Augen, als sie über all diese Verwüstungen blickten. Schlamm und Geröll hatten die über die Ufer getretenen Wassermassen hinterlassen.

Steine waren Vinsiks Spezialität. Sie stellte sich in Richtung Flussbett, und mit ausgestreckten Armen fuchtelte sie mit ihren Fingern in Richtung Schlamm und Steine und murmelte nur für sie verständliches Zeug. Im nächsten Augenblick zogen sich die Schlammassen zurück, gaben Ufer, Gräser, Büsche wieder frei, als hätte der tobende Fluss nichts zerstört.

Wenawe fing die taumelnde Vinsik in seinen Armen auf, nachdem sie ihren Kräfte zehrenden Zauber vollendet hatte. Kenane winkte heißen Tee herbei, den Ainur ihr fürsorglich einflößte. Bald schon kehrte Frische in Vinsiks wächsern aussehendes Gesicht zurück.

Sie lächelte. „Naja", kam es ganz schwach, „jetzt bin ich wohl endgültig auf der guten Seite gelandet ..."

Liebevoll streichelte Ainur Vinsiks blasse Wangen.

Als nächster stellte Kenane seine Zaubermacht auf die von Blitze-Fritze entfachten Feuer ein, schleuderte sein kaltes, blaues Licht über den Zauberwald. Überall dort, wo Flammen loderten und züngelten, fielen funkelnde, blaue Lichttropfen hinein, erstickten die Glut und heilten die Brandwunden.

Wenawes Zauber flog in gleißendem, grünem Licht über den geschundenen Wald. Abgebrochene Äste fügten sich nahtlos in die Bruchstellen, von der stürmischen Wirbella entwurzelte Bäume richteten sich wieder auf. Und die Schwarzen Wölfe zogen sich heulend in ihre Verstecke zurück, als die grünen Blitze in ihrem Fell brannten.

Hoch am Himmel stand strahlend Sir Sol und sandte wärmende Strahlen herab. Blitze-Fritze, Donnerer und Wirbella waren verschwunden. Der Frostmann hielt sich mit der Regentrude verborgen, auf die nächste Gelegenheit lauernd, ihre Gaben zu verteilen.

Ainur und Vinsik, Kenane und Wenawe stapften durch einen verschneiten, in der Sonne glitzernden Winterwald. Ainur sang ein zartes, wundersames Lied. Ruhig, zufrieden und glücklich machte diese Melodie. Angst, Furcht und Anspannung wichen den sanften Tönen, die bald den gesamten Zauberwald erfüllten. Aus allen Häusern, Höhlen und Unterschlupfen kamen die Bewohner hervor und brachten auch ihre kranken oder verwundeten Angehörigen mit.

Dort, wo Ainur und ihre Freunde ihre Spuren hinterließen, keimte der Frühling. Dampfend hoben sich die Winternebel über die dunkelstarren Äste der kahlen Bäume, der Schnee schmolz, Gräser und kleine Blumen lugten hervor, an den tropfenden Bäumen spross das erste Grün.

Auf der Lichtung ihres Feenturmes blieb Ainur am Murmelbach stehen. Sie war wieder im Besitz ihres machtvollen Feenstabes, und sie benutzte ihn, um dem Zauberwald den Frühling zu bringen.

Der Schnee taute, das Wasser rieselte in kleinen Bächlein davon, die Wiese belebte sich mit frischem Grün und schmückte sich sogleich mit goldgelbem Löwenzahn. Der große Kastanienbaum entfaltete seine Blätter und steckte leuchtende, weiße Blütenkerzen an.

Trolle und Kobolde und Zwerge und alle Tiere des Waldes, denen die Mächte der Finsternis Schaden zugefügt hatten, kamen auf die Feenlichtung um sich von Ainur heilen zu lassen. Kaum berührte Ainur die größeren und kleineren Wunden der Zauberwaldbewohner mit ihrem funkelnden Feenstab, waren diese verheilt.

Die Bärenfamilie war gekommen und hatte Vinsik fröhlich begrüßt. Auch Purpius, der Schamanenschneck, war in Begleitung seines Stabes erschienen.

Die lustigen Trolle begannen sofort ein Fest zu feiern, stimmten ihre Instrumente und spielten beschwingt auf. Die Kobolde tanzten mit den Zwergen, und auch die Tiere hatten ihren Spaß an all dem Treiben.

Glücklich tanzten Ainur und Kenane, Vinsik und Wenawe mitten im großen Kreis.

Auf einmal schwebte Deneb, Lady Lunas Großer Reiseschwan, herab. Aus den wolkenweißen Sitzen zwischen Denebs riesigen Schwingen erhoben sich Lady Luna und Sir Sol. Strahlend erschienen sie auf der Lichtung.

Die Musik verstummte, die Tänzer verhielten ihren Schritt. Alle blickten den Herrschern des Wolkenreiches entgegen.

Der sphärische Klang der Hymne des Wolkenreiches ertönte, und Sir Sol gab mit voller, sonorer Stimme den feiernden Zauberwaldbewohnern kund: „Es ist Uns eine große Freude, zu sehen, welche Harmonie Unsere Töchter, Ainur, die Mondfee und Vinsik, die Sonnenhexe, wieder in den Zauberwald getragen haben – gut unterstützt von Kenane, dem Blauen und Wenawe, dem Grünen Zauberer."

Überraschtes Murmeln der Trolle, Kobolde und Zwerge. Niemand hatte gewusst, dass ihre Fee und ihre Hexe die Sternenschwestern des Wolkenreiches waren!

Sir Sol sprach weiter: „Unsere Töchter werden auch weiterhin im Zauberwald leben wie auch die Zauberer. Wir haben den Wunsch Unserer Kinder nach einer schlichten Zusammengabe akzeptiert."

Er machte eine bedeutungsvolle Pause. Alle lauschten gespannt.

Sir Sols Stimme wurde noch eine Spur feierlicher: „Somit geben wir die Zusammengabe Unserer älteren Tochter, der Mondfee Ainur mit dem Blauen Zauberer Kenane und die Zusammengabe Unserer jüngeren Tochter, der Sonnenhexe Vinsik mit dem Grünen Zauberer Wenawe bekannt. Gleichzeitig geben Wir Uns die Ehre, die Doppelzusammengabe nun im Kreise ihrer Freunde vorzunehmen."

Hoch- und Jubelrufe der Zauberwaldbewohner unterbrachen die Rede Sir Sols. Zufrieden strahlte Sir Sol in die Menge, Lady Luna stand still leuchtend neben ihm und lächelte sanft.

Kenane und Wenawe grinsten und drückten die beiden Sternenschwestern an sich, die bereits gegen die Absicht ihrer Eltern zu protestieren versuchten.

Ainur und Vinsik sahen sich in finsterer Übereinstimmung an, blickten sodann ihren Zauberern in die Augen – und schmunzelten schließlich nachsichtig. Eine solch spontane Zeremonie der Zusammengabe würde sich in diesem Rahmen wohl recht lustig und fröhlich gestalten.

Vom lauen Abendwind umweht standen die Sternenschwestern Ainur und Vinsik mit ihren Zauberern auf der Terrasse des Zauberhutes. Der Zwist mit den Eltern war beigelegt. Auch der Friede in der Natur war wieder hergestellt.

Keiner der Vier sprach ein Wort. Nun waren sie tatsächlich durch die Zeremonie der Zusammengabe verbunden.

Vom Zauberwald her wehten noch die Klänge fröhlicher Musik der erleichtert und ausgelassen feiernden Zauberwaldbewohner. Der Tag war nur noch ein ferner, rosiger Hauch am türkisfarbenen Horizont. Kühles Abenddunkel hüllte die Liebenden ein.

Wie hatte Sir Sol in seiner Ansprache während der Zusammengabe gesagt?

„Die Zusammengabe ist nicht der Zielhafen Eures gemeinsamen Lebens. Die heutige Zeremonie ist der Stapellauf Eurer Lebensbarke. Wenn Ihr aus dem sicheren Hafen der Flitterwochen auslauft, habt Ihr es mit Tiefen und Untiefen, verschiedenen Fahrwassern und Wettern zu tun. Ihr müsst Eure Barke durch Wind und Sturm, durch Sonnenschein und Regen, durch leicht schiffbare Wasser und um schwierige Klippen steuern. Das wird nicht immer leicht sein, doch mit Verständnis und Liebe füreinander wird Euer Kurs immer klar sein. Eure gemeinsamen Abenteuer sind nicht beendet – sie fangen nun erst richtig an. Und wir wünschen Euch alles erdenklich Gute dabei."

Am klaren Himmel erschien der Abendstern und kündete mit feinem Leuchten Lady Lunas Erscheinen an.

Und wenn sie nicht gestorben sind …

NÖ!

Sind sie nicht. Sie leben. Sie leben in jedem von uns.

Ainur, Vinsik, Wenawe, Kenane, Sir Sol, Lady Luna und all die Anderen sind die zwei Seiten einer Münze, sind Yang und Yin, sind die unterschiedlichen Kräfte in uns. Manchmal lassen sie uns vor Wut und Enttäuschung dampfen, dann wieder friedlich und freundlich leuchten, heimatliche Verbundenheit erleben und exotische Vielfalt lieben.

Sie sind die Kräfte in uns, die all unsere verschiedenen Eigenschaften, Sehnsüchte und Wünsche harmonisch miteinander vereinen. Auch, wenn zunächst oftmals viele innere und äußere Kämpfe ausgefochten werden müssen. Denn alles ist eins.

Metaré Hauptvogel

Mit ihrem Mann und der Australian-Shepherd-Hündin Mocca liebt und lebt sie in den grünen Hügeln am Rande des Vogelsberges. Gemeinsam führen sie das „SonnenGeflecht – Seminare und Ausbildungen für Expeditionen ins Leben". www.sonnengeflecht.eu

Einen Schwerpunkt in ihrem kreativen Tun ist die Malerei – mit Öl, Acryl oder Mondeluz auf Leinwand, Holz oder Stein, stets in Verbindung mit einem Gedicht oder Haiku.

Das Schreiben begleitet ihr Leben und künstlerisches Arbeiten schon fast ihr ganzes Leben lang. Mit 12 Jahren begann sie kleine Gedichte und Geschichten zu schreiben. Viel später entstand das erste Buch – „Kalorien in der Pfeife". Dann die satirische Short Story „EIERLOCH!"

Auch diese Kurzgeschichte entstammt den unendlichen Weiten ihres Phantasieuniversums. Begebenheiten und Personen sind von α bis Ω erfunden, aber auf ihrem Schreibtisch werden sie lebendig, entwickeln ihre Eigenheiten und freuen sich darüber, dass sie Spuren hinterlassen dürfen.

Eventuelle Ähnlichkeiten mit wem oder was auch immer wären also total zufällig und in keinster Weise beabsichtigt.

Metaré Hauptvogel
Kalorien in der Pfeife
403 Seiten
ISBN 978-3-7412-0419-7

Die lebhafte Stella Dodihn führt sehr erfolgreich ihre Galerie „Sternenhimmel". Sie besitzt ein gro-ßes Herz für die unterschiedlichsten Menschen, doch sehr zu ihrem Leidwesen hat sie einige Pfunde zu viel auf den Hüften und purzelt mit ihrer Freundin Maxi von einer Diät in die nächste. Und gerade organisiert sie wieder eine Vernissage. Zu den geladenen Gästen gehören auch zwei Galeristen aus London. Leider scheinen die nichts Gutes im Schilde zu führen. Im Jahre 1995 kann man nicht mal so eben in Google oder facebook nachschauen, wer wann was mit wem gemacht oder unterlassen hat. So beginnen umfangreiche Recherchen.
Und auch in Stellas Liebesleben geht es turbulent zu ...

Kalorien in der Pfeife – ein temporeicher Roman um Kalorien und Hüftgold, Kunst und Liebe. Und eine Hommage an die Leichtigkeit und Fröhlichkeit der 90er Jahre.

Metaré Hauptvogel
EIERLOCH !
64 Seiten
ISBN 978-3-7519-7341-0

... der Lebenskern im Inneren bleibt ...
Egal, was seit der Kindheit im Laufe unseres Lebens geschieht, wie sehr das Leben um uns herum und auch unsere Ansichten, Verhaltensweisen und Lebensziele sich ändern – der innerste Kern, der im tiefsten Sein unserer Persönlichkeit steckt, bleibt durch Zeit und Raum bestehen.

EIERLOCH! – Die Kurzgeschichte eines Lebens mit Höhen und Tiefen, die zur eigenen Nabelschau anregt.

sonnenGeflecht

SEMINARE FÜR EXPEDITIONEN INS LEBEN

Metaré Hauptvogel
Feng Shui-Meisterin • Reiki-Meisterin • Anerkannte Heilerin n. d. Richtl. des DGH e.V.
Beratungen – Vorträge – Workshops – Seminare – Ausbildungen – Malerei

Siegfried Jendrychowski
Reiki-Meister / Lehrer (USUI SHIKI RYOHO)
Anerkannter Heiler und Ausbilder nach den Richtlinien des DGH e.V.
Beratungen – Workshops – Seminare – Ausbildungen

Raun 21 • 63667 Nidda • Telefon 06043 801 68 92 • wir@sonnengeflecht.eu • www.sonnengeflecht.eu
Veranstalter der Ausbildungen: JS Concept Grafik GmbH • Raun 21 • 63667 Nidda • Telefon 06043 801 68 91